MADAME

EN VENDÉE

PARIS. — TYPOGRAPHIE LAHURE
Rue de Fleurus, 9.

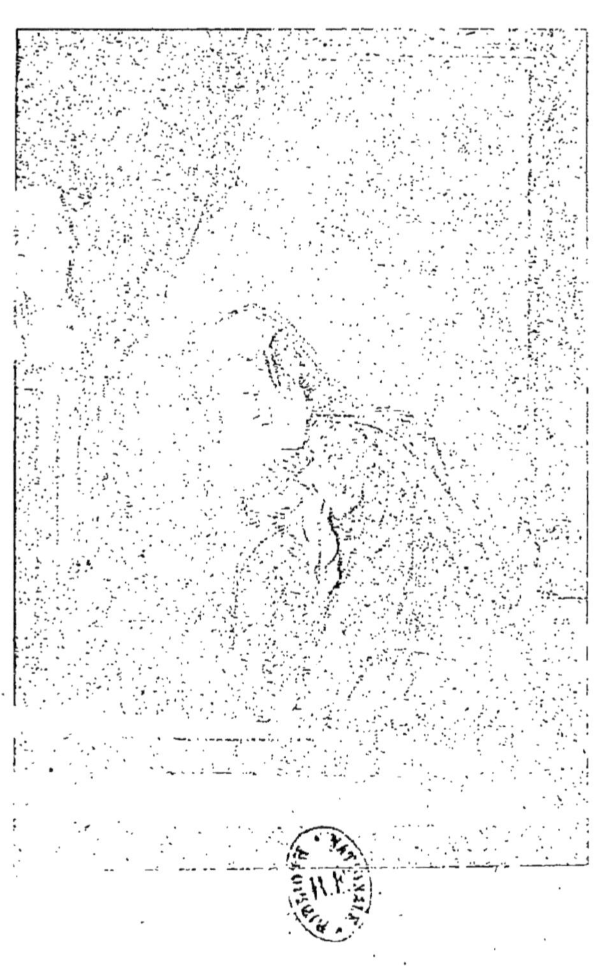

HENRY DE GRAMMEY

MADAME

EN VENDÉE

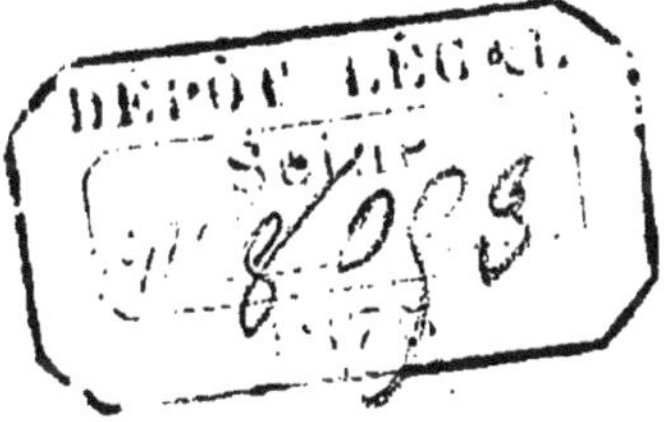

PARIS

VICTOR PALMÉ, LIBRAIRE-ÉDITEUR

25, RUE DE GRENELLE-SAINT-GERMAIN, 25

1876

Le travail qu'on va lire a paru presque entier dans le numéro du Figaro *portant la date du dimanche* 22 *août* 1875.

Il avait été demandé par le Directeur du journal à un rédacteur qui mit tous ses soins à réunir le plus de documents utiles; l'auteur n'a fait qu'œuvre de compilation, n'ayant pas même le mérite de l'intention première.

Cette intention — qui voulait surtout rappeler aux Français d'aujourd'hui ce qu'étaient les femmes des souverains qu'ils n'ont plus — appartient tout entière à M. DE VILLEMESSANT, *dont le nom doit trouver place en ce modeste hommage rendu à la mémoire de la femme héroïque, qui fut à la fois une grande princesse et une mère dévouée.*

L'AUTEUR.

Naples 30 Mars 1839

Monsieur de Milange m'a remis vodre lettre du 28 Février mon cher Meyer et je suis bien aise de drouver une occasion sure de vous exprimer doute ma satisfaction pour les services que vous ne cessez de rendre a une cause qui à doutes mes sympadies. Je vois que vodre zêle pour la legitimité ne s'esd pas refroidi un insdand, ed j'espere que le jour approche ou mon fils pourra vous demoigner combien il en esd douché

J'espere que ma filleule va bien embrassez la de ma part; bien des choses à sa mere; ed vous mon cher Meyer croyez a doute mon esdime ed affecdion.

Marie Caroline

A Monsieur

Monsieur Meyer Consul de Naples

A Bordeaux

LA

DUCHESSE DE BERRI

L'histoire compte des événements tellement énormes, que leurs propres détails s'effacent rapidement dans les proportions de l'acte, qui seul reste dans les mémoires comme les monuments dont le temps détruit facilement les moulures, mais dont les grandes lignes résistent aux siècles.

Il n'est aucun de nous qui ne sache que celle qui devait être reine de France fut emprisonnée dans le pays même dont elle était la régente légitime.

Moins de gens ont retenu la date du 7 novembre 1832, et l'on pourrait presque assurer que pas un sur mille ne connaît les détails de ce fait auquel trois noms surtout sont attachés :

Celui de la victime, *Marie-Caroline,* duchesse de Berri, mère du comte de Chambord;

Simon Deutz, le juif allemand qui la vendit;

Et *Adolphe Thiers,* le ministre qui l'acheta.

Si l'on réfléchit que cette arrestation eut lieu moins de quarante ans après l'exécution de Marie-Antoinette et de Mme Élisabeth, et alors que les passions politiques étaient dans leur plein déchaînement, on frémit à la responsabilité qu'ont osé assumer ceux qui n'ignoraient pas que, touchant un seul cheveu de cette femme, ils pouvaient lui faire tomber la tête!...

A côté de ce sentiment d'effroi, les événements que nous allons raconter en éveillent un autre; et c'est avec admiration qu'on compte les efforts de cette mère proscrite, traversant toute la France pour reconquérir le trône légitime de son enfant.

Nous avons cru que le public nous saurait gré de rappeler aux uns, et d'apprendre aux autres les détails oubliés ou inconnus de cette histoire. Nous avons puisé dans tous les documents, et principalement dans ceux de la duchesse de Berri elle-même, du général Dermoncourt et de MM. Alfred Nettement, Charette, Walsh, Johannet, de Houvion et surtout Germain Sarrut. Nous présenterons le fruit de nos recherches sans séparer les morceaux par les noms d'origine, ce qui fatiguerait le lecteur. Il aura ainsi, d'une seule pièce, tout ce qui est arrivé et tout ce qui a été dit sur l'événement.

Sachons d'abord quelle est notre héroïne.

MADAME

Marie-Caroline-Ferdinande-Louise de Bourbon naquit à Naples, le 5 novembre 1790, de François-Xavier-Joseph, prince de Naples, et de Marie-Clémentine, archiduchesse d'Autriche. A l'âge de trois ans, elle perdit sa mère. Son père se remaria bientôt à Marie-Isabelle, infante d'Espagne. Onze enfants naquirent de cette union nouvelle, et, parmi eux, celle qui fut dans la suite la reine d'Espagne, Christine, mère de la reine Isabelle.

L'enfance de la future duchesse de Berri fut très-tourmentée. C'était le temps où les armées françaises, parties au pas de course, bousculaient l'Europe entière à coups de victoires. Ces exploits chassèrent la maison de Bourbon d'Italie; il fallut se réfugier en Sicile. — La vie de la princesse commença donc par le malheur et l'exil.

A l'âge de deux ans, Marie-Caroline avait traversé deux fois la mer; cinq ans plus tard, le 27 décembre 1805, Napoléon disait à Schœnbrunn :

— Le roi de Naples a cessé de régner.

Le 25 mars suivant, Ferdinand partait pour Palerme. Marie-Caroline avait sept ans; elle ne devait revoir Naples qu'en 1815.

Le 8 février 1816, M. de Blacas, envoyé du roi de France, présenta à la cour de Naples une lettre par laquelle le duc de Berri, neveu des deux rois Louis XVI et Louis XVIII, fils du futur roi Charles X, et héritier de la couronne de France, demandait la main de la princesse Marie-Caroline.

Le mariage fut célébré par procuration le 25 avril suivant et, le 30 mai, la duchesse de Berri débarqua à Marseille. A Fontainebleau, l'attendait la famille royale avec tout le cérémonial du mariage de Louis XV, dont on avait scrupuleusement ressuscité les souvenirs.

Le 15 juin, Mme la duchesse de Berri entra dans Paris; le mariage fut célébré à Notre-Dame le lendemain, et les nouveaux époux, outre des aumônes considérables, abandonnèrent sur leur dotation cinq cent mille francs aux départements qui avaient le plus souffert de l'invasion.

La duchesse était jeune, gaie et même un peu étourdie. Elle ne participa en rien au rigorisme et à la tristesse de la vieille cour. Elle comprenait l'époque et le pays, et en était comprise. Aimant les arts, les plaisirs, courant les boutiques et les théâtres, voulant tout voir, elle n'excitait pas de préventions parce qu'elle n'en avait contre personne. Le duc de Berri se rencontrait parfaitement avec la duchesse dans ses goûts pour la vie bourgeoise et les arts; une seule chose altérait leur bonheur commun : la perte de leurs enfants. Madame eut d'abord deux grossesses qui n'arrivèrent point à terme; puis, le 13 juillet 1817, elle accoucha d'une fille qui ne vécut point; le 13 septembre 1818, la princesse mit au monde un garçon qui mourut au bout de deux heures.... Enfin naquit *Mademoiselle*, la future duchesse de Parme.

Le 13 février 1820, rentrant à l'Opéra après avoir conduit à sa voiture la duchesse, qu'accompagnaient la comtesse de Bethisy et le comte de Menars, le duc de Berri fut assassiné par Louvel. —Et le fils du duc d'Orléans, celui là même qui devait mourir si malheureusement à Neuilly le 13 juillet 1842, fut considéré un moment comme l'héritier présomptif de la couronne de France.

Le 29 septembre suivant, sept mois après le crime, naquit le duc de Bordeaux, qu'on nomme aujourd'hui le comte de Chambord, et que le peuple appela l'enfant du miracle.

C'était un événement d'une immense importance pour la maison de Bourbon que la naissance d'un enfant qui renouvelait une race au moment de s'éteindre. La princesse se montra digne de la faveur céleste. Son intelligence vive et spontanée, le courage et l'élévation de cœur dont elle avait fait preuve dans la nuit du 13 février, et la présence d'esprit et la fermeté qu'elle avait montrées pendant sa grossesse et à l'époque de son accouchement, où elle exigea les constatations les plus complètes, la placèrent haut dès lors dans l'esprit de ceux qui savent apprécier les grands caractères.

Ce qu'il y avait de particulier en elle, c'est que les facultés remarquables qu'elle manifestait dans les heures de crises se détendaient d'elles-mêmes, le moment passé, et la laissaient naturellement revenir aux enfantillages de la femme et aux élégances de la vie de princesse. Cette vie, Madame la reprit après deux années de deuil, s'occupant de ses enfants avec une tendresse, une passion maternelles,— toujours étrangère à la politique, mais suivant les progrès de la société, — protectrice des arts, de l'industrie, achetant, donnant, souscrivant, —voulant tout voir et étant continuellement en vue, tantôt à Rosny, qu'elle aimait, puis aux bains de Dieppe, où elle fondait une manufacture de dentelles et des ateliers de travail d'ivoire auxquels nous devons encore aujourd'hui tant de gracieux produits. Dans les boutiques, aux concerts, aux théâtres, au Gymnase surtout qu'elle créa, pour ainsi dire, la princesse menait une vie continuellement active, occupée, vivante; elle la suspendit un jour pour faire un long voyage en Vendée et dans le midi de la France, qui demandaient à connaître la mère de leur futur roi. Ce voyage doit être rappelé, à cause de l'influence qu'il exerça sur l'esprit de la princesse.

— Il sembla dès lors, — dit-elle plus tard elle-même, — qu'un pacte existât entre la Vendée et moi; la campagne de 1832 était en germe dans le voyage de 1828.

Pendant tout un mois, Madame vécut en famille avec la Vendée. Elle laissa, à l'entrée de cette patriarcale province d'héroïsme, le faste et l'étiquette des cours. Elle voulut tout voir et être vue de tous. A ceux qui lui parlaient des difficultés insurmontables de la route, elle répondait :

« Dans les mauvais chemins, je me ferai Vendéenne. »

C'était chaque jour quelque fête nouvelle, de ces fêtes pieuses dans lesquelles les souvenirs des morts projettent leurs ombres mélancoliques à travers les joies des vivants. Cette terre de Vendée semblait palpiter et frémir sous les pas d'une princesse royale. Les vieux débris des armées catholiques s'avançaient à sa rencontre en déployant avec fierté les vieux restes de leurs drapeaux usés par les batailles.

Alors, c'étaient des scènes d'une admirable simplicité et d'une solennité inexprimable. Les villages venaient frapper à la porte des châtelains pour les enrôler dans leurs joies, comme ils étaient venus jadis enrôler Lescure, Larochejacquelein, d'Elbée et Charette. La contrée se couvrait de drapeaux blancs; les cimetières eux-mêmes arboraient de blanches bannières, et c'était justice, car ceux-là devaient être au triomphe qui avaient été à la peine. Ne fallait-il pas d'ailleurs que l'on sût bien que, dans cette terre de Vendée, tout était aux Bourbons, le présent comme le passé, les morts comme les vivants?

Madame allait d'émotion en émotion; on lui redisait sur les lieux mêmes les grands faits dont ils avaient été le théâtre; et, quand on lui parlait de la lassitude qu'elle devait éprouver dans ce laborieux voyage, pendant lequel on la voyait toute la journée à cheval, sous un soleil de juin et parfois par des pluies d'orage, elle répondait :

« Il est bien juste que je me donne un peu de peine afin de connaître ceux qui ont versé leur sang pour nous. »

Partout les paysans s'approchaient avec une respectueuse familiarité, et on les entendait s'écrier :

« Ah! la brave petite femme, elle n'a pas peur! »

Le soir, Madame s'arrêtait dans quelque vieux château dont les propriétaires venaient avec empressement la recevoir sur le seuil, tantôt à la Grange, tantôt à Mesnard ou à Lerrand, ou à Touboureau, à Clisson, à Vesin ou à Landebaudière. Si le temps le permettait, on dînait en plain air, et les Vendéens circulaient autour de la table en tirant de temps à autre quelques coups de leurs vieux mousquets....

Puis on formait des rondes, auxquelles la princesse prenait part, au son du biniou et de la vèze qui chantaient les vieux airs nationaux du pays.... D'autres fois la princesse, exténuée par une longue marche, entrait dans une ferme, et quand la fermière accourait du champ voisin, elle trouvait Madame sur une escabelle, auprès du berceau, et balançant du pied le petit enfant endormi.

Dans ces provinces, elle avait donné formellement sa parole aux Vendéens de venir, en cas de malheur, leur rappeler la promesse qu'ils lui faisaient de mourir pour défendre la cause de son fils.

Les provinces méridionales ne l'accueillirent pas avec moins d'enthousiasme. La duchesse, qu'aucune fatigue n'effrayait, visita les belles vallées et les pics élevés des Pyrénées, le Béarn, et toute la contrée qui avoisine l'Espagne....

Nous croyons en avoir assez dit maintenant pour que le lecteur connaisse suffisamment cette femme qui, née en Italie, n'a fait que traverser notre histoire. Nous allons raconter maintenant ses malheurs et ses actes héroïques. On comprendra alors que nous les ayons fait précéder de cette courte biographie sans laquelle ils eussent pu être taxés d'invraisemblables; le lecteur sera convaincu bientôt que cette mère de roi était capable de plus, peut-être, que les circonstances lui ont demandé d'accomplir.

LA RÉVOLUTION DE 1830

Nous ne nous arrêterons ni aux faits ni aux causes des événements de 1830; nous n'y prendrons, en passant, que les choses qui touchent celle qui, du jour au lendemain, devint une proscrite.

Madame était à Saint-Cloud. Pendant la canonnade, elle avait voulu se rendre à Paris. Sentant que chaque pas qui l'éloignait du centre des événements éloignait son fils du trône; elle reprit son projet quand la cour fut arrivée à Rambouillet.

Elle envoya un officier de sa maison chez le sous-préfet, M. de Frayssinous, neveu de l'évêque d'Hermopolis, avec l'ordre de se procurer des chevaux de poste. Pendant que l'on faisait ces dispositions, Madame descendit chez

Charles X, qui lui répondit que jamais il ne consentirait à ce que son petit-fils courût des chances aussi périlleuses et fût exposé à la fureur des partis. Madame répondit :

« Eh bien, je n'emmènerai pas Henri, j'irai seule, j'irai seule !... »

Mais les instances de Mme la Dauphine furent si vives, les ordres du roi si positifs, qu'après bien des efforts, la duchesse dut renoncer à sa détermination.

La lutte fut longue et opiniâtre, la calèche attelée de six chevaux de poste resta depuis midi jusqu'à sept heures dans la cour du palais, et l'on vit Madame pleurer en contremandant l'ordre de départ.

La duchesse de Berri ne partit point et le trône fut perdu pour son fils ; la faute en doit tomber sur le vieux roi Charles X, qui ôta cette dernière chance à sa maison.

On dira peut-être que se rendant à Paris et se présentant pour revendiquer les droits de son fils, Madame n'eût pas mieux réussi que ne triompha dix-huit ans plus tard la tentative de la duchesse d'Orléans, mère du comte de Paris. Erreur ! La duchesse de Berri pouvait réclamer des droits auxquels les siècles avaient apporté leur ineffaçable sanction, tandis que l'autre sortait de l'usurpation par l'émeute. La duchesse d'Orléans devait disparaître dans la tourmente d'où était sorti Louis-Philippe, et qui fatalement anéantissait à son tour le fils de Philippe-Égalité; car depuis que le monde est monde, ce proverbe n'a jamais été démenti : « Qui sort de l'émeute mourra par l'émeute. »

D'ailleurs la duchesse pouvait sans crainte revenir à Paris ; cela est d'autant plus évident qu'aucun marchand breveté de Madame ne fut inquiété, ni forcé d'abattre son enseigne pendant les trois journées.

Elle faisait aller le commerce, disait-on, il ne faut rien faire à ses marchands.

Quoi qu'il en soit, Marie-Caroline, duchesse de Berri, régente naturelle de France depuis l'abdication du roi, se courba devant la volonté de Charles X, et, avec lui, quitta le sol de France au mois d'avril suivant.

Dès qu'on fut sur la terre d'exil, il se forma dans la famille royale deux partis : l'un voulant attendre, l'autre brûlant d'agir. Madame la duchesse de Berri ne songeait qu'à son fils ; dès lors la princesse n'eut plus en elle que le second rang, la mère prit le dessus, et la femme vint en aide à la mère. Aussi ne demeura-t-elle pas longtemps à Lullwarth, et ne fit-elle que paraître à Édimbourg, point trop excentrique pour les communications avec ses partisans.

Elle ne passa quelques instants à Londres que pour faire vendre sa bibliothèque et une partie de ses bijoux, afin d'acquitter le reste de ses dettes en France et pourvoir aux dépenses de ses voyages. Puis elle fixa sa résidence à Bath ; mais bientôt après, le 17 juin 1831, elle partit pour l'Italie en passant par Rotterdam, Mayence, le Tyrol, Milan, Gênes, Massa, Lucques, Rome, Naples, etc. Le 21 avril 1832, elle partit sur le vapeur *Carlo-*

Alberto qu'elle avait frété, et, après avoir relâché à Nice, elle débarqua près de Marseille le 28, vêtue en matelot napolitain.

Ce fut pendant le séjour de Madame à Massa qu'elle vit pour la première fois un homme qui devait plus tard lui être si fatal.

Nous voulons parler de Simon Deutz sur le compte duquel il importe dès à présent d'éclairer le lecteur.

SIMON DEUTZ

Il naquit à Coblentz, tout au commencement de 1802, et fut élevé dans la religion juive. Fils d'un rabbin appelé à Paris en 1807, pour participer à l'assemblée du sanhédrin convoqué par l'Empereur, il y suivit son père, acheva son éducation primaire, se fit typographe. Cela dura jusqu'en 1827.

A cette époque, Deutz partit pour Rome, et en février 1828 s'y fit catholique. Il avait beaucoup et inutilement espéré de cette conversion qui, étant donné l'individu, n'avait pu être qu'un calcul; le pape le chargea d'une mission en Amérique et il s'embarqua à Marseille pour les États-Unis, le 30 juillet 1830.

Ce fut seulement en Amérique qu'il apprit et la révolution de juillet et le remplacement de Pie VIII par le cardinal Capellari, Grégoire XVI, son protecteur. Il revint aussitôt, et, à la fin de 1831, débarqua à Londres, qui était devenu à cette époque le lieu de réunion de la plupart des légitimistes qui s'étaient éloignés de France après les événements de 1830. Ces émigrés s'étaient liés avec les notabilités carlistes, que pendant sa conversion au christianisme Deutz avait connues à Rome. Les distances s'oublient facilement à l'étranger, et Deutz put suffisamment prendre pied dans ce monde pour que M. Eugène de Montmorency, sachant son intention de se rendre à Rome, le chargeât d'y conduire les demoiselles de Bourmont. L'ancien israélite accepta et accompagna ces dames qui s'arrêtaient à Genève.

Cette mission devait donner à Deutz un pied dans la place. Pendant la route, il sut gagner la confiance des voyageuses; elles lui remirent des lettres que l'Allemand avait à faire parvenir au maréchal de Bourmont qui comptait parmi les conseillers de Madame.

Mlles de Bourmont lui indiquèrent le collége

des nobles que tenaient les jésuites à Turin; c'est là qu'il devait rencontrer des personnes se rendant à Massa et à qui il remettrait les lettres. C'était un moyen de plus de pénétrer au cœur de la conspiration.

Pendant son séjour à Londres, Deutz avait appris que des événements se préparaient; et, dans sa situation de chercheur d'aventures, il y vit aussitôt un moyen de pêcher en eau trouble; tout le servit à souhait, les occasions du hasard s'ajoutaient aux occasions qu'il avait su faire naître ou provoquer. Au couvent de Turin, il rencontra en effet un membre de l'institut de France, aussi connu pour ses opinions légitimistes que par ses travaux scientifiques, M. Cauchy qui se rendait à Massa auprès de Madame. Deutz lui présenta les lettres de Mlle de Bourmont et lui parla de ses relations légitimistes et religieuses, fit sonner très-haut la grande faveur dont l'honorait son protecteur, le Pape, bref fit si bien que le savant lui offrit de le suivre à Massa, où il le présentait à la duchesse de Berri, au commencement de février 1832.

La princesse avait alors autour d'elle le maréchal de Bourmont et les comtes de Choulot, de Saint-Priest, de Kergorlay et de Mesnard. Deutz passa quatre jours au milieu de tout ce monde; il apprit bien des choses, mais pas assez à son gré, et, quand il partit, la duchesse, qui l'avait reçu avec une grande bienveillance, lui remit des lettres de recommandation pour Rome. Deutz s'en fut droit trouver le Pape et sut conduire les choses de telle façon que Grégoire XVI l'engagea à se mettre au service de la légitimité contre Louis-Philippe.

Deutz revint aussitôt à Massa; il était cette fois porteur d'une lettre du Saint-Père qui le peignait à Madame comme un homme intelligent, actif, de courage et d'exécution, tenace dans ses résolutions, usant du crédit de ses amis et de sa faveur personnelle, non dans un intérêt privé, mais pour le bien général.

Sur ce portrait, Madame accorda à l'Allemand plusieurs audiences dans lesquelles il acheva ce que la recommandation du Pape avait si bien commencé, et il fut enfin admis à connaître tous les projets de la mère du roi de France. Mieux que cela, Madame l'accrédita, comme son envoyé plénipotentiaire, auprès de don Miguel et lui donna des lettres pour ses sœurs dont l'une était reine d'Espagne.

La mission de Deutz auprès de don Miguel était d'obtenir des hommes et des armes. Il quitta Massa au commencement d'avril, sachant déjà que Madame devait s'embarquer pour la France dans quinze jours au plus; le comte de Choulot le conduisit à une lieue hors de la ville, et là, dans une vallée plantée d'oliviers, le nouveau plénipotentiaire prêta dans les mains du vieux gentilhomme le serment qu'on va lire :

Je jure de faire tout ce qui sera en mon pouvoir pour le rétablissement et le maintien de la légitimité, et reconnais aux membres de la régence, établie par Madame, le droit de prendre ma vie au cas de trahison de ma part.

Le juif jura tout ce qu'on lui demandait et, dès le lendemain, il entrait en relations avec M. de Montalivet, chef de la police de l'intérieur....

A partir de ce moment Deutz continua froidement son rôle d'espion, exécutant ponctuellement les ordres de Madame et en informant aussitôt le ministère.

Bientôt il vint en France.

— Pesez bien votre engagement, lui dit M. de Montalivet : le service que nous attendons de vous est immense pour la France et pour l'humanité. *Il n'est point de prix pour le reconnaître....* Parlez cependant; quelle que soit la récompense que vous demandiez, je puis vous dire d'avance qu'elle vous sera accordée.

Deutz demanda un million, moitié comptant, moitié le jour où il livrerait Madame.

Le ministre lui donna rendez-vous pour le surlendemain; mais le surlendemain M. de

Montalivet n'était plus ministre, M. Thiers lui avait succédé, ce qui n'apporta dans les négociations qu'un léger retard; l'ancien ministre, dans sa voiture, conduisit l'espion chez M. Thiers qui lui fit remettre suffisamment d'argent pour qu'on le surveillât. L'Allemand partit pour la Vendée, sous le nom d'Hyacinthe Gonzague; l'officier de police Joly l'accompagnait. — Ce Joly est le même qui, après avoir arrêté Louvel, l'assassin du duc de Berri, partait maintenant pour arrêter la veuve de la victime.

Nous touchons au grand événement de notre narration. Abandonnons un moment les agents de M. Thiers et revenons à la duchesse de Berri.

LA CAMPAGNE DE 1832

Ainsi qu'il a été dit, la duchesse de Berri débarqua en Provence, le 28 avril 1832. Son entreprise hasardée n'avait pas été décidée à la légère; chaque jour pleuvaient des lettres rappelant Madame en France; et, devant les hésitations de son conseil, le ton des dernières devint presque impérieux.

« Chaque jour que vous dérobez à la patrie, lui disait-on, est un vol que vous faites à l'héritage de votre fils.

« *Signé :* Baron de Charette. »

Le sort en était jeté. Le 13 avril, la duchesse adressa à ses partisans la lettre suivante :

« Je ferai savoir à Nantes, à Angers, à Rennes et à Lyon que je suis en France. Préparez-vous à prendre les armes aussitôt que vous aurez reçu cet avis, et comptez que vous le recevrez probablement du 2 au 3 mai prochain; si les courriers ne pouvaient passer, le bruit public vous instruirait de mon arrivée, et vous feriez prendre les armes sans retard. »

La duchesse avait été prévenue des difficultés qu'elle rencontrerait en chemin; mais les obstacles étaient plutôt pour passionner cette nature ardente que pour l'épouvanter. Dès son arrivée, elle put se convaincre qu'on n'avait pas exagéré les choses.

Après une traversée fort pénible, on descendit du *Carlo Alberto* dans un bateau pêcheur qui, depuis plusieurs nuits, se rendait au point convenu. Sans pont et sans abri contre le vent humide et pénétrant de la mer, ce bateau ouvert recevait sur ses bords les lames qui se répandaient en poussière humide ou en large pluie sur la princesse et ses compagnons. La nuit était froide, noire, sinistre;

Madame souffrait beaucoup; pas une plainte ne sortit de sa bouche.

On aperçut enfin une lumière qui rougissait les ténèbres; ce devait être un poste de douaniers; il fallut toucher plus loin, vers une partie de la côte dont l'abord est plus difficile. Cependant on arriva avant le jour.

Ce fut en gravissant ces rochers, que les contrebandiers les plus hardis osaient à peine escalader, que la duchesse et sa suite entrèrent sur la terre de France. Madame fut, pendant ce trajet, qui dura trois mortelles heures, ce qu'elle fut toujours dans un danger réel, calme, presque gaie. Il y avait plusieurs lieues à parcourir, dans des sentiers à peine indiqués à travers les bois et les rochers, pour arriver à l'endroit où, depuis plusieurs nuits, attendait un ancien officier, qui conduisit Madame dans une maison isolée. Il faisait grand jour quand y arriva la princesse, fatiguée, exténuée, brisée....

Elle envoya immédiatement à Marseille prévenir le chef reconnu des royalistes de cette ville qu'elle était arrivée et qu'elle attendait le résultat des promesses qui l'avaient déterminée à son entreprise. Le soir même un messager apporta le billet suivant :

« Félicitations sur l'heureuse arrivée. Marseille fera son mouvement demain. »

Le lendemain, dans l'après-midi, deux nouveaux messagers se présentèrent avec cette laconique missive :

« Le mouvement a manqué ; il faut sortir de France. »

« Sortir de France, sans aller dans la Vendée, s'écria Madame, jamais !... Ces braves populations qui ont donné tant de preuves de dévouement à ma famille ne me le pardonneraient jamais ; je leur ai promis, il y a quatre ans, de revenir au milieu d'eux en cas de malheur ; je suis en France et n'en sortirai pas sans tenir ma promesse. Dieu et sainte Anne d'Auray m'aideront. »

A la fin du jour, la duchesse de Berri quitta la maison où elle avait reçu l'hospitalité. La nuit arriva bientôt. A peine voyait-on où l'on mettait le pied. Après cinq heures de marche, toute trace de sentier disparut. On se trouvait au milieu de rochers parsemés d'oliviers rabougris. Le guide s'arrêta indécis. Enfin il avoua qu'il ignorait complétement où l'on se trouvait. La duchesse, rompue de fatigue, s'enveloppa d'un manteau et se coucha sur la terre. Elle y dormit d'un profond sommeil; mais elle se réveilla glacée....

On découvrit près de là une cabane qui sert quelquefois de retraite aux bergers pendant les orages. On y alluma un feu de bruyères et l'on attendit. M. de Bonrecueil revint, s'étant procuré une voiture à quatre places; la princesse partit dans la soirée.

Dans une descente très-longue, bordée d'un côté par des rochers, de l'autre par un précipice, le cheval s'emporta et devint ingouvernable. La nuit et la construction de la voiture, qui avait un soufflet sur le devant, ne permettaient pas à MM. de Mesnard et de Brissac, assis sur le siége d'arrière, de voir Madame. Dans une violente secousse, ils virent tomber quelque chose de volumineux ; ils crurent que c'était la duchesse étendue sans mouvement.

Il était malheureusement impossible de s'arrêter pour lui porter secours ! Enfin une rupture eut lieu dans le train ; le marchepied déplacé mordit la roue et ralentit la rapidité de la course. Quand il fut possible de s'arrêter, on put se convaincre que Madame était saine et sauve dans la voiture. Son manteau, en tombant, avait donné toutes les alarmes. On la croyait brisée, parce que, pendant toute cette périlleuse descente, MM. de Brissac et de Mesnard n'avaient pas entendu sa voix. Elle n'avait pas jeté un cri.

Ce fut dans une calèche, avec des chevaux de poste, que la princesse entreprit de traverser la France. Elle se fit accompagner seulement de trois personnes : M. de Mesnard, M. de Lorge et M. de Villeneuve. Un passe-port que ce dernier avait pris pour lui et sa femme servit à la duchesse de Berri, qui se sépara du reste de son escorte en disant :

« Messieurs, en Vendée ! »

Les voyageurs traversèrent Nîmes, Montpellier, Narbonne, Carcassonne et l'on arriva à Toulouse dans les premiers jours de mai, à sept heures du soir. Les voyageurs couraient jour et nuit, et l'on ne s'arrêtait qu'un moment pour déjeuner dans les auberges les moins apparentes.

Lorsque la voiture s'arrêta devant la poste aux chevaux de Toulouse, elle fut entourée d'un assez grand nombre de personnes, parmi lesquelles il y avait un légitimiste qui connaissait la princesse. Au moment du départ, il monta sur le siége, et, hors des barrières, il chercha à décider Madame à ne pas aller plus loin.

« La prudence vous en fait une loi, dit-il, car la Vendée est pleine de troupes.

— La Vendée est pleine de troupes, interrompit la duchesse. Eh bien, tant mieux ! Je connais beaucoup de ceux qui étaient dans la garde; ils me connaissent aussi et ne tireront pas sur moi. Je suis venue en France pour préserver le pays de la honte d'une invasion étrangère. Les Vendéens ont ma promesse, je la tiendrai; maintenant que je suis en France, j'ai brûlé mes vaisseaux, et l'on aura de la peine à m'en faire sortir. »

Les proscrits gagnèrent Moissac et Agen, puis Bergerac, Sainte-Foy, Libourne et Blaye, Madame traversa ainsi la Saintonge, allant de château en château, excitant l'enthousiasme de ses amis, repoussant énergiquement les conseils des timides; tantôt attendue, tantôt surprenant ceux qui ne savaient rien du voyage, se faisant une prudence de son audace, échappant au péril à force de ne pas l'éviter.

Ce fut du château de M. de Dampierre, situé en Saintonge, à trente heures de marche des provinces de l'Ouest que Marie-Caroline, régente de France, envoya des ordres aux principaux chefs. Puis, après renseignements, elle ordonna la prise d'armes pour le 24.

Elle quitta le château de Dampierre dans la voiture du propriétaire; bientôt après elle prit la poste, traversa Niort, Fontenay-le-Comte et Bourbon. Comme on voyageait de jour dans des pays qui la connaissaient, la duchesse dut adopter un déguisement complet; elle choisit celui des paysans de la contrée. Il se composait d'une mauvaise veste garnie de boutons d'un métal terni, d'un gilet jaune-sale, d'un pantalon bleu en coutil sur laine, et par-dessus tout cela une blouse en flanelle brune. Elle portait en outre une perruque châtain à cheveux plats, recouverte d'un petit bonnet de laine noire.

Madame arriva ainsi à Remouillé, dans l'arrondissement de Nantes, escortée cette fois de M. de Mesnard et de M. de Charette, qui était venu la rejoindre ; puis par Montbert et Saint-Étienne, on gagna les Mesliers, modeste manoir de M. de la Roche-Saint-André, où la duchesse fixa sa résidence.

Tous ces voyages s'étaient faits à pied ou à cheval, et souvent la duchesse dut coucher sur la dure ; en quittant Montbert, elle avait été engloutie dans un gué ; rien ne la décourageait.

Ce fut aux Mesliers que Madame reçut l'illustre Berryer, le 23 mai, veille du jour fixé pour la prise d'armes. MM. de Mesnard et Charette étaient présents à cette entrevue d'où le célèbre avocat sortit en disant :

« Dans la tête de cette héroïque princesse, il y a de quoi faire vingt rois. »

Quant à Madame, après avoir résisté à l'homme le plus éloquent de France qui l'engageait à renoncer à sa tentative, et à quitter le pays, restée seule avec M. de Mesnard, elle lui dit :

« Je vais ruminer tout cela, dormir si je puis, et demain au matin je serai décidée.

Le lendemain, en effet, son parti était pris : elle restait en Vendée, — mais reculait l'heure de l'action.

Cependant toutes ces allees et venues avaient donné l'éveil au pouvoir dont les cinquante mille hommes disséminés en Vendée eussent pu être surpris avant le 24 mai, — tandis que les hésitations et retards commençaient à jeter le découragement parmi les Vendéens.

La présence de la duchesse en Vendée venait d'être connue de l'autorité, à la suite d'une entrevue dans laquelle M. de Coislin fils, cherchant à gagner à sa cause un officier du 32e de ligne, lui donna sa parole d'honneur que Madame était dans le pays.

Le pouvoir s'émut aussitôt, et le général Dermoncourt s'occupa sans retard de concentrer ses troupes. Il se rendit lui-même au château de la Chaslière, où il croyait la duchesse cachée, et y trouva une grande quantité de papiers fixant à la nuit du 3 au 4 juin le moment de l'attaque générale. Dès lors, tous les plans étaient aux mains du gouvernement qui, dans son effroi, donna des ordres tels que, dans une visite domiciliaire au château de la Chaperonière, Cathelineau, découvert dans une cachette, fut tué par le lieutenant Régnier, au moment où, se présentant les mains nues, il disait :

« Ne tirez pas, je suis sans armes et je me rends. »

Les instructions étaient de faire aux Vendéens une guerre sans merci, et le général Dermoncourt ordonna à ses troupes de *ne pas faire de prisonniers,* façon détournée de dire qu'il faut tout tuer.

LA FUITE

La lutte s'engagea. On fut vaincu, et la duchesse quitta les Mesliers le 31, après bien des alertes. Le 26 était arrivée à elle Mlle Eulalie de Kersabiec, vêtue aussi en paysan; elle devait être la compagne de la princesse. Cette dernière avait pris le nom de Petit-Pierre; elle nomma son amie Petit-Paul.

On avait appris les résultats malheureux de sanglants combats et il fallait partir. Petit-Pierre et Petit-Paul, accompagnées de MM. de Mesnard et Charette, s'en allèrent en croupe chacun derrière un guide. Après s'être égarés, perdus et retrouvés, on arriva chez la sœur de M. de la Roberie, qui résidait près de Saint-Étienne de Corcoué, où Madame et Mlle de

Kersabiec changèrent leurs vêtements masculins contre des robes de Mlles de la Roberie ; ce fut ainsi qu'on gagna l'habitation de M. de la Roberie où l'on montra à la duchesse une cachette pratiquée dans le sol d'une arrière-cuisine et qui ne pouvait contenir qu'une personne assise. Mais des renseignements nouveaux arrivèrent et il fallut partir, laissant derrière soi Mlle de Kersabiec, trop souffrante pour suivre la duchesse qui était toujours prête. La princesse s'arrêta au château de M. de Lahaye, puis gagna un moulin où elle apprit, par Mlle de Kersabiec, qui était venue la rejoindre, que le lendemain de son départ, le château de M. de la Roberie avait été attaqué et dévasté par les troupes qui avaient tué une fille du propriétaire, âgée de dix-sept ans, et plusieurs domestiques.

Cependant, c'était un fils de M. de la Roberie qui servait de guide à la duchesse dans la partie de la commune de Saint-Colombin la plus rapprochée de Nantes ; elle y resta du 3 au 7 juin. Dans la nuit du 4 au 5, les gendarmes vinrent coucher dans sa maison; il fallut trouver un gîte ailleurs.

La duchesse recevait à tout moment des nouvelles de mort; des blessés venaient jusqu'à elle qui les pansait. Un jour qu'elle soignait un homme de loi de Nantes qui, bien que père d'une nombreuse famille, s'était empressé de courir aux armes, un paysan vint avertir qu'on avait vu des soldats paraissant se diriger vers la ferme.

A l'instant la duchesse et ses amis coururent se cacher dans un fossé assez profond, rempli d'herbes qui y croissaient avec abondance, bordé d'un côté par une haie très-élevée, de l'autre par des broussailles; le blessé, la princesse, Mlle de Kersabiec et les autres y passèrent six heures. Ces heures furent longues et non sans inquiétude, car nul doute, d'après les ordres donnés par les généraux, que si on eût découvert huit paysans dans un fossé — la duchesse et Mlle de Kersabiec étaient en hommes, — le premier avertissement eût été une décharge de coups de fusil.

Le soir, quand les soldats se furent éloignés, on se mit en marche, à la recherche d'un autre gîte.... La vie que menait Madame, depuis son arrivée dans l'Ouest, aurait usé une organisation de fer.

Poursuivie comme elle l'était, Madame n'avait pas une nuit de sommeil sans alerte, et, le jour arrivé, le danger et la fatigue se réveillaient avec lui. Toutes ces marches de nuit étaient horriblement fatigantes et dangereuses. Quelquefois à cheval, mais le plus souvent à pied, à travers des champs séparés par des haies qu'il fallait traverser quand l'obscurité ne permettait pas de trouver l'échalier qui servait au passage; dans les vignes, dont les tiges rampantes s'étendent sur le terrain et font trébucher à chaque pas, dans les chemins défoncés par les pieds des bœufs, et que la duchesse choisissait de préférence, parce que les patrouilles n'osaient pas s'y aventurer, et que s'y noyait la trace dangereuse de ses petits pieds.

Madame, dans tous ses déguisements conserva toujours des brodequins de Paris ou de

Londres, très-bien faits, à son pied et par cela remarquablement petits, et dans sa fuite les paysans qui l'accompagnaient la suivaient en effaçant sur le sol la trace de ses pas.

Et pourtant elle avait tout bravé tant que lui était resté l'espoir d'arriver à un résultat; mais la situation était devenue sans remède présent, et la duchesse dut songer à trouver un asile sûr, où elle pût attendre le retour d'événements heureux qui, dans sa conviction, ne pouvaient manquer de surgir.

Elle choisit la ville de Nantes, après avoir hésité longtemps sur le lieu qui paraissait offrir le plus de sécurité.

Restait à trouver le moyen d'y arriver.

NANTES

De Cherolière, où se trouvait Madame, à Nantes, il y a trois lieues; le samedi 2 juin, la princesse, vêtue en paysanne et accompagnée de Mlle de Kersabiec, se mit en route.

C'était jour de marché, le chemin qu'elle suivait était couvert de femmes de la campagne se rendant à la ville, ce qui empêcha Marie-Caroline et sa suivante d'être remarquées. Après une heure de marche, Madame se sentit blessée par les souliers grossiers et les bas de laine qu'elle n'avait pas l'habitude de porter. Elle s'assit sur le bord d'un fossé, ôta ses chaussures et se mit à marcher pieds nus.

La vie qu'elle menait depuis son arrivée dans l'Ouest l'avait rendue attentive aux moindres choses ; elle remarqua en regardant les paysannes que la blancheur de ses pieds faisait contraste avec leur peau noircie par le soleil. Elle s'arrêta sur un des côtés de la route, ramassa une poignée de boue et acheva de faire disparaître ce qui restait de la princesse à la paysanne, en se frottant de terre le bas des jambes et les pieds.

C'est ainsi que les deux voyageuses arrivèrent à Nantes. Au pont Pyrmile, passage vieux et étroit, Madame croisa un détachement d'infanterie du 14ᵉ léger qui se rendait à Valette. La princesse marchant vers la ville tenait la gauche du pont et le lieutenant, un peu en arrière de sa troupe, passa à sa droite tout près d'elle.

Cet officier existe encore et voici ce que, sans se nommer, il écrivait à l'auteur du présent travail, le 25 août dernier, en employant la troisième personne.

« Il ne reconnut pas Madame ; ce qui le frappa et le fit regarder attentivement, ce fut la démarche d'abord, puis, en approchant, la blancheur de la peau et surtout celle des cils, qui étaient plus que blonds, et la finesse des traits. Il se retourna, et son étonnement augmenta en remarquant la petitesse des pieds, qui étaient couverts de boue ainsi que les jambes, mais à une hauteur qui parut singulière.

« Autre particularité : Madame la duchesse de Berri avait sur sa tête un grand panier rond qui paraissait lourd et semblait fait avec des parties de branches de châtaignier couvertes de leur écorce, comme celles qu'on emploie pour les cercles de futailles.

« Ce fut, en continuant son étape, que l'officier, qui avait vu deux fois la princesse à Paris, en vint, après bien des hésitations, à penser que cette paysanne élégante pouvait être Madame la duchesse de Berri.... Lorsque, beaucoup plus tard, il lut la brochure de M. le général Dermoncourt, il ne conserva plus de doute à cet égard.

« Quant au silence qui lui est attribué, l'officier n'en eut donc pas le mérite sur le moment; mais bien certainement il eût été gardé s'il avait reconnu de suite Madame, car, comme tous les officiers de l'armée, il admirait et aimait Son Altesse Royale la duchesse de Berri et lui portait le plus profond dévouement. »

La princesse et sa compagne se reposaient assises sur le Bouffai — lieu des exécutions sous Carrier, — lorsque Madame se sentit toucher à l'épaule. C'était une campagnarde qui leur dit :

« Mes enfants, aidez-moi à recharger mon panier et je vous donnerai à chacune une pomme. »

La princesse saisit l'une des anses, fit signe à sa compagne de prendre l'autre, et toutes deux replacèrent le panier sur la tête de la vieille qui s'en alla aussitôt.

La duchesse l'arrêta par le bras.

« Dites donc, fit-elle, et ma pomme? »

La paysanne la lui donna et la princesse se remit en marche en y mordant à belles dents. Quelques minutes plus tard, la princesse entrait dans la maison où elle était attendue. Elle y quittait enfin le costume couvert de boue que l'on conserve encore aujourd'hui en mémoire de l'événement.

Madame s'installa définitivement chez Mlles Duguigny; elle avait alors avec elle Mme Charette et Mlle Stylite de Kersabiec, sœur de Petit-Paul, ainsi que MM. de Brissac et de Mesnard. La maison qui existe encore aujourd'hui, était située rue Haute-du-Château, n° 3; elle dominait les jardins, la Loire et les prairies qui la bordent. La duchesse habitait une mansarde qui contenait une cachette établie dans un angle; on y pénétrait par la plaque de fond du foyer qui s'ouvrait au moyen d'un ressort. Cette cachette, devenue célèbre, avait été construite pendant les premières guerres de la Vendée pour servir d'asile aux proscrits.

L'existence de Madame changea tout à coup; elle passait d'un mouvement continuel à une immobilité absolue; ce repos devint une fatigue nouvelle; la duchesse souffrit beaucoup de son inaction; et, au commencement de son séjour, elle fut saisie d'une indisposition grave qu'on crut un moment être le choléra qui sévissait à Nantes....

Cinq mois se passèrent, au bout desquels la duchesse, ayant renoncé à tout espoir, se décida à quitter la France; son départ fut fixé au commencement de novembre. C'était l'avant-veille du jour où Madame fut livrée qu'on prenait cette résolution.

Tandis que la princesse vivait tranquille chez Mlles Duguigny, la situation du gouvernement français était devenue critique à cause de la gravité qu'avait prise la question d'Anvers. Même après la prise de cette citadelle on craignait de voir en Belgique une restauration hollandaise qui, par la force de l'exemple, eût pu amener en France une seconde restauration.

Il fallait donc supprimer Madame qui était peut-être plus dangereuse hors de France qu'à Nantes. M. Thiers s'en chargea. Ainsi que nous l'avons dit, M. de Montalivet lui conduisit Deutz, dans sa propre voiture, et

M. Thiers et l'espion allemand tombèrent d'accord.

Ce juif était devenu un grand personnage; c'est par lui que M. Thiers arrivait au ministère de l'intérieur, car Deutz était l'instrument de la capture de Madame, capture qui était la mission que M. Thiers avait à remplir. Deutz venait donc de faire un ministre; il fit en outre un préfet. M. Maurice Duval fut nommé, le 16 octobre, à la préfecture de la Loire-Inférieure. Il remplaçait un fonctionnaire qui avait reculé devant l'arrestation de la régente de France.

Toute l'affaire fut donc renfermée entre ces trois personnes : Deutz, Duval et Thiers.

Deutz, suivi de l'officier de police Joly, se rendit à Nantes, où il eut deux entrevues avec la duchesse—qui le nomma baron dans la première, le 31 octobre, sur l'observation qu'il fit que, dans sa mission en Portugal, en raison de l'importance des gens qu'il devait voir, il avait pris sur lui de se faire appeler baron de Gonzague. Madame s'amusa beaucoup des prétentions de Deutz.

Dans la seconde entrevue, le 6 novembre, que Deutz obtint avec beaucoup de peine, non qu'on se méfiât de lui, mais parce qu'on craignait qu'étranger à Nantes, il n'eût été remarqué, suivi, il demanda de l'argent. — Le juif reprenait le dessus; il voulait manger à deux râteliers. M. de Mesnard lui offrit une lettre de crédit sur une maison de Paris, mais Deutz, qui prévoyait que, après ce qui allait se passer, la lettre ne serait pas acquittée, n'insista pas davantage. Il savait que la duchesse devait être arrêtée le jour même et, en la quittant, il alla avertir le préfet que l'instant était venu. M. Maurice Duval prévint le général Dermoncourt et la troupe se mit en marche vers le n° 3 de la rue Haute-du-Château.

Il était alors six heures du soir.

LES RECHERCHES

Le secret avait été gardé jusque-là à Nantes avec une fidélité d'autant plus étonnante qu'un grand nombre de personnes le connaissaient. Beaucoup de gens de la ville, de la France et de l'étranger avaient été admis à la voir et pas une indiscrétion n'avait été commise; le gouvernement ne possédait aucun indice sur la retaite de la duchesse avant les offres de Deutz qui conduisit les agents jusqu'à la maison où M. Thiers devait trouver la proie qu'il cherchait.

Dans sa dernière entrevue avec la duchesse, Deutz avait entendu parler du dîner; en sortant, il avait jeté un coup d'œil dans la salle à manger et avait compté sept couverts. Mlles Duguigny habitant seules la maison, il ne douta plus que Madame n'y logeât, ou ne dût au moins y dîner. Il courut d'un trait chez le préfet; M. Maurice Duval l'attendait. Les dispositions étaient prises depuis le matin. Douze mille hommes attendaient prêts à marcher. Ce nombre avait été jugé nécessaire parce que, outre qu'il y avait un large pâté de maisons à cerner, on pouvait craindre une émeute.

Deux bataillons se divisèrent en trois colonnes, dont le général Dermoncourt prit le commandement; il était accompagné du général comte d'Erlon et du préfet qui dirigeait l'opération.

L'investissement fut bientôt complet; il était environ six heures, le ciel calme, la soirée belle. La princesse n'avait aucun soupçon, quand tout à coup M. Guibourg, placé près d'une fenêtre, vit briller les baïonnettes de la colonne conduite par le colonel Simon Lorière :

« Sauvez-vous, Madame, sauvez-vous, » s'écria-t-il !

La duchesse se précipita sur l'escalier, suivie

de ceux de ses amis qu'il importait de cacher. Mmes Duguigny, de Charette et Céleste de Kersabiec restèrent à table, s'efforçant de maîtriser leur émotion.

La cachette était, nous l'avons dit, dans la chambre de la duchesse; il importe d'en donner la description.

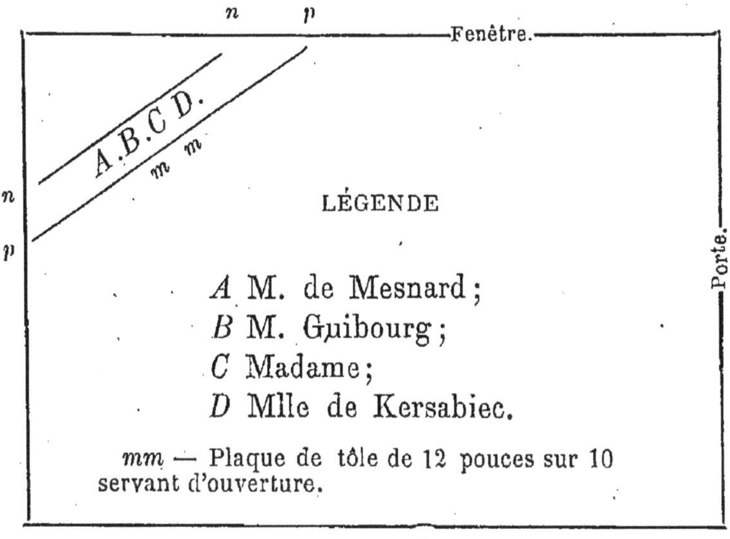

La cheminée placée au fond de la chambre, au lieu de tenir au mur *nn* de la maison, était appuyée contre un mur de refend *pp* élevé à quatorze pouces — environ quarante centimètres — du gros mur *nn*. L'espace vide présentait, en largeur *pp*, un peu plus de quatre pieds — un mètre quarante centimètres environ — et, en hauteur, cinq pieds et trois pouces — un mètre soixante-quinze. Telle était la cachette, qu'on pourrait appeler une cheminée à double fond.

Une plaque de cheminée *mm* mobile et de quarante centimètres sur trente, et montée sur des gonds, en fermait l'entrée. On n'arrivait à y pénétrer qu'en se traînant. Elle avait été plusieurs fois essayée, et l'on ne pouvait s'y placer que par rang de taille. Elle était ouverte quand la duchesse entra dans la chambre.

« Allons, dit-elle, comme à la répétition.... »

M. de Mesnard entra le premier, et ensuite M. Guibourg, puis Mlle de Kersabiec, et enfin Madame; la légende du plan donne leurs places respectives.

La maison des dames Duguigny avait été cernée par les agents au moment où Deutz y était entré. En sortant, il avait dit à l'un d'eux que Madame y était, et que la porte ne devait pas cesser d'être l'objet de leur surveillance.

Personne n'était sorti depuis le départ de Deutz; on avait donc la certitude d'y trouver la Duchesse.

Les portes de la maison s'ouvrirent au moment où la cachette se refermait; les commissaires de police venus de Paris, réunis à ceux de Nantes, entrèrent les premiers le pistolet au poing. C'étaient MM. Lenormand et Prévost, commissaires de police de Nantes, et Dubois et Joly, commissaires de police de Paris.

Ils ne trouvèrent que des femmes effrayées, ce qui n'empêcha pas M. Prévost de faire partir son pistolet qui le blessa à la main. Les autres gagnèrent les étages et la troupe se répandit dans la maison que cernait le général Dermoncourt, laissant aux policiers le soin de la fouiller.

Deutz avait donné des lieux une description si exacte que M. Joly parcourut toutes les pièces comme s'il avait été un habitué de la maison; il remarqua la salle à manger et les sept couverts, bien qu'il ne se trouvât que quatre convives : les deux demoiselles Duguigny, Mme de Charette et Mlle Céleste de Kersabiec. Il commença par s'assurer de ces quatre dames; puis, montant l'escalier, il alla droit vis-à-vis de la chambre mansardée où la duchesse avait reçu Deutz; il dit en y entrant :

« Voilà la salle d'audience. »

Ces mots retentirent jusque dans la cachette. Madame ne douta plus que la trahison ne vînt de Deutz; elle murmura avec un mouvement de satisfaction :

« Du moins ce malheureux n'est pas Français. »

Le préfet, M. Maurice Duval, après avoir pris la précaution d'enfermer Deutz dans un cabinet, à la préfecture, arriva pour donner plus d'autorité aux recherches. Des sentinelles avaient été placées dans tous les appartements, tandis que la force armée fermait toutes les issues.

Le peuple s'amassait et formait une seconde enceinte autour des soldats; la ville tout entière était descendue dans ses places et dans ses rues. Les perquisitions étaient commencées à l'intérieur; les meubles étaient ouverts lorsque les clefs s'y trouvaient, défoncées lorsqu'elles manquaient; les sapeurs et les maçons sondaient les planchers et les murs à grands coups de hache et de marteau; des architectes, amenés dans chaque chambre, déclaraient qu'il était impossible, d'après leur conformation intérieure, comparée aux dimensions extérieures, qu'elles renfermassent une cachette — ou bien trouvaient des cachettes sans importance qui recélaient des bijoux, de l'argenterie, des vêtements de femme appartenant aux demoiselles Duguigny, mais qui, dans les circonstances, ajoutèrent à la certitude du séjour de la princesse dans la maison. Arrivés à la mansarde où se trouvait la duchesse, les architectes déclarèrent que, moins que toute autre, cette chambre leur paraissait pouvoir contenir une cachette.

Alors les recherches s'étendirent aux maisons environnantes; on fit venir des ouvriers qui se mirent à sonder, à attaquer les murs, les planchers, les cheminées à coups de hache et de mandrin avec une telle violence qu'on put croire un instant à la démolition de l'hôtel des demoiselles Duguigny et de deux maisons environnantes. Les maçons qui sondaient la maison voisine arrivèrent tout près de la cachette dans le mur contre lequel M. de Mesnard était debout; il dit à la duchesse :

« S'ils arrivent jusqu'à nous, il faudra ouvrir la plaque et se rendre; autrement, voyant du monde dans ce trou, il est à craindre qu'on ne tire des coups de fusil sur Madame.

Les travailleurs s'arrêtèrent à quelques pouces de la cachette. Un seul coup de marteau de plus, peut-être, y eût pénétré.

Le préfet Duval, dans un nuage de poussière, se faisait remarquer, au milieu des travailleurs, des plâtres et des débris, donnant des ordres, animant les démolisseurs du geste et de la voix; et, répondant aux observations des demoiselles Duguigny :

« Les ouvriers qui démoliront la maison

seront chargés de la reconstruire. J'ai des ordres. »

Ces ordres venaient de M. Thiers qui avait dit de s'emparer de la duchesse coûte que coûte, quand bien même il aurait fallu détruire toute la ville.

Du fond de la cachette, on entendait tout ce bruit, ainsi que les injures et les imprécations des soldats, fatigués et furieux de l'inutilité de leurs recherches.

« Nous allons être mis en pièces, c'est fini, mes pauvres enfants, dit alors Madame, qui ajouta : C'est cependant pour moi que vous vous trouvez dans cette affreuse position !... »

Pendant que ces choses se passaient en haut, les demoiselles Duguigny avaient montré un grand sang-froid, et, quoique gardées à vue par les soldats, elles s'étaient mises à table, invitant Mme de Charette et Mlle de Kersabiec à faire comme elles.

Deux autres femmes étaient l'objet d'une surveillance toute particulière de la police.

C'étaient la femme de chambre Charlotte Moreau, signalée par Deutz — il n'avait oublié personne — comme très-dévouée à la duchesse, et la cuisinière, Marie Boissy. Cette dernière avait été conduite au château, puis à la gendarmerie, où, voyant qu'elle résistait à toutes les menaces, on tenta de la corrompre. Des sommes de plus en plus fortes lui furent offertes et étalées devant ses yeux ; mais elle répondit constamment qu'elle ignorait où se trouvait la duchesse de Berri.

Les recherches se prolongèrent sans résultat pendant une partie de la nuit. Les démolisseurs, rendus de fatigue, demandèrent un instant de repos que le préfet leur accorda en disant :

« Les travaux ont cessé pour ce soir ; je reviendrai demain de bonne heure. »

Un nombre d'hommes suffisant pour garder toutes les pièces et occuper les issues, fut laissé dans la maison ; les commissaires de police s'établirent au rez-de-chaussée, et une partie de la troupe fut remplacée par la garde nationale, qui continua l'investissement de la maison et des quartiers environnants.

C'est maintenant dans la cachette que nous conduirons le lecteur.

LA CACHETTE

Les seize heures qui s'écoulèrent depuis l'entrée dans la cachette jusqu'à l'arrestation se passèrent au milieu d'une vraie agonie et dans des tortures que l'on pouvait à peine adoucir en s'ingéniant de mille façons.

Les ouvriers n'avaient pas attendu le retour de la lumière pour recommencer leurs travaux. Il semblait qu'on voulût abattre l'hôtel Duguigny et les maisons voisines. Les madriers et les barres de fer frappaient à coups redoublés et l'on ne savait si, après avoir résisté aux flammes, comme on va le voir, Madame ne serait pas accablée sous les décombres.

On fit presque continuellement du feu dans

la cheminée, tant pour se chauffer que pour s'assurer qu'il n'y avait personne dans le tuyau. Deux fois les habitants de la cachette en avaient été fort incommodés. On ne voyait absolument rien, tant était petit le trou ménagé pour appeler l'air; et, cette ouverture ne suffisant pas lorsque la plaque était chaude par le feu brûlant de l'autre côté, on en pratiqua une autre en dérangeant des ardoises, quitte à en faire tomber quelques-unes dans la cour, ce qui aurait certainement dénoncé la retraite — mais il fallait vivre....

Il y eut des moments où chacun, à son tour, approchait sa bouche de ce point pour y aspirer la vie de quelques minutes.

Il était très-difficile de se mouvoir dans un si petit espace; cependant, M. de Mesnard, après avoir été treize heures immobile dans le seul endroit où il pût se tenir debout, dit à ses compagnons :

« Je n'en puis plus. Les jambes me manquent, je me sens défaillir. Si je me trouvais mal je ferais du bruit. Tâchez de vous arranger pour me laisser asseoir; alors on se mettra sur moi comme on pourra. »

Ce qui fut fait.

Entrés dans la cachette au moment du dîner, et n'ayant rien pris depuis le déjeuner, les reclus commençaient à endurer la faim. M. de Mesnard découvrit auprès de lui un sac dans lequel on trouva quelques morceaux de sucre. Il les offrit à la duchesse qui les partagea entre tous.

Malgré les angoisses d'une situation terrible, Madame dormit assez longtemps pour donner des inquiétudes; son sommeil était si tranquille que, comme on ne l'entendait pas respirer, on la crut évanouie et on eut, bien innocemment il est vrai, la cruauté de la réveiller.

Les officiers avaient, une fois encore, abandonné la maison, ainsi que les autorités. Les gardes s'étaient repliés au rez-de-chaussée; le troisième étage n'était plus gardé que par deux gendarmes qui se tenaient dans la chambre de la cachette. Le bruit des travaux diminuant progressivement, on espérait d'être sauvé, mais cet espoir ne fut pas de longue durée. Les gendarmes avaient rallumé le feu, la plaque, qui n'avait pas eu le temps de se refroidir, était devenue brûlante une seconde fois, et le mur ébranlé laissait pénétrer la fumée.

La duchesse était celle qui souffrait le plus, car, entrée la dernière, elle se trouvait appuyée contre la plaque. Déjà deux fois le feu avait pris à sa robe, et elle l'avait étouffé à pleines mains, au prix de deux brûlures dont elle eut longtemps les marques. Chaque minute raréfiait l'air intérieur. La poitrine des prisonniers devenait de plus en plus haletante. Rester dix minutes encore dans cette cachette, c'était compromettre la vie de la duchesse !

Madame le sentait comme les autres, mais ne pouvait se résoudre à se livrer elle-même ; pourtant son cœur fut obligé bientôt de se rendre à la nécessité, car les deux gendarmes ayant allumé des tourbes et des journaux, la fumée devint d'une insoutenable intensité. La duchesse ordonna d'ouvrir la porte de la plaque.

M. Guibourg, qui était à côté d'elle, appuya sur le ressort, mais la plaque, qui s'ouvrait toujours très-facilement, était dilatée par la chaleur; elle résista au point qu'il fallut la frapper du pied.

Elle ne céda pas davantage; mais un gendarme avait entendu le bruit des coups.

« Qui est là ? » fit-il.

Ce fut Mlle de Kersabiec qui répondit :

« Nous nous rendons, nous allons ouvrir, ôtez le feu. »

Un nouvel effort fit tomber la plaque, et les gendarmes, plus empressés de secourir les prisonniers que de crier victoire, s'élancèrent aussitôt sur le feu qu'ils dispersèrent à coups de pied.

La première personne qui s'offrit à leurs regards fut une femme faible et presque défaillante, se traînant péniblement sur un foyer mal éteint. L'un des gendarmes la reconnut ; il l'avait vue jadis, à Dieppe, affable pour chacun, chérie de tous et entourée de vœux et d'honneurs. En la voyant dans ce misérable état, il s'écria avec émotion :

« Quoi, c'est vous, Madame la duchesse ! »

Madame, vivement touchée du ton de cette voix amie, lui répondit en se relevant :

« Vous êtes Français et militaire, je me fie à votre honneur. Allez prévenir le général Dermoncourt. »

Il était neuf heures du matin ; les tortures de la cachette avaient duré seize heures !...

D'autres allaient commencer.

L'ARRESTATION

Le général Dermoncourt se trouvait dans la maison. Il accourut aussitôt à l'appel de la duchesse; le substitut du procureur du roi, Baudot, et quelques officiers, le suivirent. La duchesse s'avança alors en disant:

« Général, je me rends à vous et me remets à votre loyauté.

— Madame, répondit-il, votre Altesse Royale est sous la sauvegarde de l'honneur français. »

Il lui apporta une chaise. Elle avait le visage animé quoique pâle, la tête nue et les cheveux en désordre; sa robe de napolitaine brune, simple et montant jusqu'au cou, était sillonnée par le bas de plusieurs brûlures; elle était chaussée de petites pantoufles en lisière. En s'asseyant elle dit d'un ton bref et en serrant fortement le bras de l'officier :

« Général, je n'ai rien à me reprocher, j'ai rempli les devoirs d'une mère pour reconquérir l'héritage d'un fils. »

Dans cet instant arriva le préfet Maurice Duval; et, comme en toutes circonstances, dans celles surtout où chacun cherche à faire face aux situations exceptionnelles par un redoublement de tact, il faut qu'il y ait un maladroit pour montrer que sur terre la race des goujats sera éternelle : l'homme de M. Thiers entra le chapeau sur la tête. Il s'approcha de la duchesse, la regarda en se découvrant à peine et dit :

« Ah oui, c'est bien elle. »

Puis il sortit pour donner ses ordres.

« Quel est ce monsieur, fit Madame?

— Le nouveau préfet, répondit le général, qui ajouta : c'est un homme nouveau. »

Madame comprit que M. Maurice Duval n'avait pas servi sous la Restauration; elle le montra en disant :

« J'en suis bien aise pour la Restauration. »

On procéda à la saisie des effets, de la correspondance et de l'argent se montant à trente-six mille francs, dont douze appartenant à la suite de la princesse.

Le comte d'Erlon se présenta alors, et se conduisit envers la prisonnière avec tous les égards dus au courage et au malheur. Le château de Nantes avait été disposé pour recevoir madame la duchesse de Berri; le général Dermoncourt l'en informa et lui dit que, si elle se trouvait mieux, il serait à propos de quitter la maison à moitié démolie des demoiselles Duguigny.

La princesse demanda un chapeau, se jeta un manteau sur les épaules, prit le bras du général et donna elle-même le signal du départ en disant à ses fidèles :

« Mes amis, partons. »

En passant devant la mansarde, Madame jeta un dernier regard sur la plaque restée ouverte.

« Ah! général, dit-elle, si vous ne m'aviez pas fait une guerre à la Saint-Laurent — ce qui, par parenthèse, ajouta-t-elle en riant, est au-dessous de la générosité militaire — vous ne me tiendriez pas sous votre bras à cette heure. »

Il n'y avait qu'un pas de l'hôtel Duguigny au château de Nantes, dont les portes se fermaient, quelques minutes plus tard, sur les quatre prisonniers.

Il était alors midi.

L'OPINION PUBLIQUE

Le soir même, par le télégraphe, l'arrestation de Madame était connue de tout Paris, où elle produisit une impression des plus vives.

La presse légitimiste signalait, avec une grande véhémence d'expressions, l'impassibilité extraordinaire de la famille d'Orléans, qui, le jour même où elle apprenait l'arrestation d'une si proche parente dépossédée par eux, avait assisté à la première représentation de la *Laitière Suisse*, à l'opéra.

Cela se passait le 7 novembre, jour anniversaire de l'exécution de Philippe-Égalité, la famille régnante devait trouver dans cette coïncidence un motif de plus pour éviter de se donner en spectacle....

Toutes les opinions consciencieuses s'accordèrent à blâmer les moyens honteux qu'on avait employés pour assurer la capture.

Cette nouvelle application du système de corruption parut attentatoire à la moralité publique, et tous les partis, indistinctement, n'eurent qu'une voix pour la flétrir.

C'est à l'histoire qu'il appartiendra de juger la tentative que fit la duchesse de Berri en 1832. Mais à quarante années de distance seulement, nous pouvons entrevoir déjà les appréciations qui naîtront de notre bizarre présent et qui feront soupçonner ce que serait devenu ce passé si Madame avait réussi dans sa légitime entreprise.

Pour nous, qui avons voulu surtout redire l'histoire d'une princesse héroïque, d'une femme rare, d'une mère opprimée, nous croyons devoir arrêter un moment notre récit pour donner ici les réflexions de certains hommes sur l'acte que Madame voulait accomplir.

Voici ce que disait un ministre de l'époque :

« Il n'y a rien d'indigne à chouanner dans les bois de la Bretagne, dans les marais et les bruyères de la Vendée. Un prince, sorti de cette retraite pour remonter sur le trône de ses ancêtres, n'eût pas été moins glorieux que Gustave Wasa, sorti des mines de la Dalécarlie. »

Celui qui écrivait cela était M. Thiers; il montrait ainsi qu'un prince légitime est toujours redoutable aux révolutionnaires; et ses paroles expliquent le désir qu'il devait avoir d'écraser, par tous les moyens possibles, fussent-ils vils, un ennemi dont le succès l'eût anéanti sans retour.

Lisons maintenant ce que disait M. de Salvandy, dont les opinions se rapprochaient pourtant de celles de M. de Broglie, l'un des ministres qui furent le plus acharnés contre Madame :

« Cette mère a entendu les mécontentements de la France royaliste, de la France religieuse, de la France propriétaire, comme sur le rocher de l'île d'Elbe, Napoléon entendait les soupirs de ses vétérans. Elle a compté les intérêts froissés, les principes méconnus, les alarmes excitées jusqu'au sein de l'opinion constitutionnelle. Elle a vu tous les mécomptes de cette foule de serviteurs et d'amis de la monarchie antique, qui ont été frappés les uns après les autres; le grand seigneur dans ses charges, le pair du royaume dans sa dignité, le fonctionnaire dans ses emplois, l'officier dans sa Croix de Saint-Louis dont la Restauration avait payé son sang versé à Austerlitz. Dans l'exil l'oreille est frappée de toutes les plaintes, l'âme est saisie de tous les griefs, l'espérance s'éveille à tous les désespoirs.

« Un autre spectacle la frappe en même temps. Elle voit, pendant deux années consécutives, la sédition, les désordres, l'anarchie, sous tous les prétextes, sous toutes les formes, épouvanter de leur audace toutes les cités de la France, ces fléaux renaître sans cesse d'eux-mêmes, braver le pouvoir et les lois, désoler le commerce et l'industrie, insulter enfin de toutes parts à la raison, à la paix, à la fortune, à la gloire d'un grand peuple; et comme Elle porte dans son giron un principe d'ordre, elle se croit dès lors armée de l'ordre tout entier. Si elle juge le moment venu d'offrir sa panacée réparatrice à la France fatiguée, qui accuserons-nous le plus haut avec justice, sa méprise et sa confiance, ou bien ses misères et le parti qui les a faites? »

Enfin le général Dermoncourt, qui fut l'antagoniste direct de la princesse, puisqu'il dirigea toutes les opérations militaires de l'Ouest, termine ainsi son livre :

« Je n'ajouterai qu'un mot à ce que j'ai dit du caractère et du courage de Marie-Caroline. Si Marie-Louise lui eût ressemblé, nous n'aurions pas vu tant de défections honteuses et les Cosaques à Paris. Si Marie-Caroline avait pu rassembler seulement cinq à six mille hommes, et quarante jours plus tôt celà était très-possible, ses amis et ses *ennemis* qui hésitaient se fussent décidés, et peut-être ne dirait-on pas aujourd'hui que son entreprise était une folie. »

APRÈS LA CAPTURE

A ce point des événements, où la destinée de la duchesse de Berri était accomplie, il importe de constater que sa conduite fut toujours exempte d'espérances personnelles.

Le sentiment humain est tel que chacun pouvait supposer à cette princesse, revendiquant le trône d'un fils âgé de onze ans à peine, l'espoir d'une régence qui lui revenait et du droit naturel et de la propre volonté du roi Charles X, et qui la faisait maîtresse absolue de la France.

Point. Voici, du reste, ce qu'elle écrivait elle-même à ce sujet, à un vieil ami :

« Mon âme a pu s'élever à désirer la gloire, et je me suis senti le courage de tout faire pour en acquérir; mais ce sentiment ne m'a été inspiré que par l'amour pour mes enfants, que j'aimais, malgré tous les malheurs que j'y ai éprouvés, que j'aime encore, et auxquels je souhaite tout le bonheur auquel j'aurais voulu tant contribuer. Mon ambition n'a jamais eu un autre motif; vous savez, mon cher, et ceux qui me connaissent bien savent, comme vous, quels sont mes goûts; ils savent que j'aime les arts, ils savent comme vous que, jeune encore, je ne pouvais me passer des plaisirs bruyants. — M'a-t-on vue quelque part plus heureuse qu'à Rosny? J'aurais voulu y passer ma vie, si j'avais pu y avoir mes enfants et quelques amis; mais ce bonheur m'est ravi aussi bien que la gloire.... Ah! pour Dieu, que tout cela est triste!....

Ses enfants et des amis, voilà tout ce que demandait cette nature essentiellement aimante....

Du jour où la réussite aurait couronné ses efforts, cette mère héroïque, sa mission accomplie, se serait retirée dans la vie privée, où la rappelait forcément un mariage morganatique contracté en Italie avec le fils du prince de Campo-Franco.

On pouvait cependant prêter à Madame des vues ambitieuses, car cette union nouvelle était ignorée de tous. — Seul, le roi Charles X en avait eu connaissance ; ce qui, du fond de son exil, ne l'avait pas empêché de déclarer que du moment où Madame mettrait le pied sur le sol de France, elle serait par ce seul fait régente du royaume.

Cette union était ignorée parce qu'en Italie les mariages morganatiques — ou de conscience — catholiques, au lieu d'être inscrits sur un registre ouvert à tout le monde, comme pour les autres mariages, sont tellement destinés à être tenus secrets qu'ils sont contractés sans témoins et que l'acte qui les constitue demeure déposé entre les mains d'un prélat, qui ne peut en donner connaissance à des tiers que du consentement des deux parties. Il ne doit même remettre cet acte à aucun des deux époux, à moins de mort de l'un d'eux, auquel cas le survivant rentre en possession du document.

C'est pour ces raisons que, lors du mariage morganatique de la duchesse, M. de Montbel fut envoyé à Rome pour prendre connaissance, au nom du roi Charles X, de l'acte authentique chez le prélat entre les mains duquel il était retenu.

L'histoire est pleine d'exemples de mariages morganatiques, et il n'y a pas longtemps encore, trois rois de l'Europe, en plein règne, étaient mariés secrètement. Du côté des femmes, nous avons en France la petite-fille de Henri IV, la grande Mademoiselle, qui épousa Lauzun, et la duchesse de Berri, fille du Régent, unie secrètement à son écuyer, puis la princesse de Conti et tant d'autres, qui cherchèrent dans semblables liens un abri contre les dangers du monde, auxquels les exposaient forcément leur jeunesse et leur éclat.

Dans nos temps d'ignorance et d'oubli, il n'est pas nécessaire de chercher bien loin un exemple qui, du temps de Madame, était tout récent. L'impératrice Marie-Louise, veuve de Napoléon Ier, épousa le comte de Nieperg, dont elle eut plusieurs enfants. Ce mariage, que n'ignora personne, n'empêcha jamais l'ancienne souveraine de France de conserver toujours son titre d'impératrice et d'être traitée de *Majesté* dans les congrès et par tous les souverains de l'Europe.

Tels sont les priviléges qui, de tous temps et dans tous les pays, sont accordés à celles qui sont nées dans les familles souveraines ; elles élèvent à elles ceux qu'elles honorent de leur choix ; et rien en cela ne les fait descendre du rang où la naissance les a placées.

Tout porte à croire que, sa mission accomplie, la duchesse de Berri, qui avait hésité longtemps à se séparer de ses affections et qui ne l'avait fait que par devoir maternel, se serait ensevelie à jamais dans les joies domestiques d'un mariage dont le secret avait été si religieusement gardé que personne n'en aurait parlé jamais, si les hommes du pouvoir n'avaient cherché à en faire une arme contre leur prisonnière.

Revenons aux événements.

Lors de son arrestation, la duchesse avait soutenu cette nouvelle épreuve de manière à gagner tout d'une fois jusqu'à l'estime des gens de cœur qui se trouvaient parmi ses adversaires. Pendant cette agonie de seize heures dans la cachette, elle n'avait cessé d'encourager ses compagnons. Au moment de la capture elle s'était montrée ferme, froide et digne ; elle avait dit, en parlant de Deutz, avec pitié et sans colère :

« Il est plus malheureux que moi. »

Quant à ses partisans, leur enthousiasme devint de l'idolâtrie ; ils se partagèrent les morceaux de la robe de laine qu'elle portait dans la prison de Nantes, comme autant de reliques. M. de Chateaubriand lui écrivit de Genève la lettre suivante, qui ne précéda que de quelques jours son arrivée à Paris :

« Madame,

« Vous me trouverez bien téméraire de venir vous importuner dans un pareil moment pour vous supplier de m'accorder une grâce, dernière ambition de ma vie : Je désirerais ardemment être choisi par vous au nombre de vos défenseurs.

« Je n'ai aucun titre personnel à la haute faveur que je sollicite auprès de vos grandeurs nouvelles ; mais j'ose la demander en mémoire d'un prince dont vous daignâtes me nommer l'historien. Je l'espère encore comme le prix du sang de ma famille. Mon frère eut la gloire de mourir avec son illustre aïeul, M. de Malesherbes, défenseur de Louis XVI, le même jour, à la même heure, pour la même cause et sur le même échafaud.

« Je suis, etc.

« CHATEAUBRIAND. »

M. Janvier de la Motte, père de l'ancien préfet de l'Eure, quoique n'appartenant pas exclusivement à l'opinion légitimiste, réclamait le même honneur dans une lettre dont voicila fin :

« Mon libéralisme s'incline d'admiration devant votre courage de femme et votre dévouement de mère. Je n'exalterai pas seulement en vous le prestige des têtes couronnées ; je glorifierai ce qui est grand et saint au-dessus des misères de la politique : l'héroïsme du sentiment et de la volonté. »

A Nantes, Mlles Duguigny, qu'on avait emprisonnées aussi, écrivirent la lettre suivante au comte d'Erlon :

« Monsieur le général,

« Nous vous supplions de nous accorder la grâce la plus précieuse pour nous ; permettez-nous de passer une journée auprès de Son Altesse Royale Madame.

« Nous devons à notre devoir, nous devons surtout à notre cœur de remercier Madame de la marque de confiance qu'elle nous a donnée, de la grâce qu'elle nous a faite en venant prendre asyle dans notre maison.

« Agréez, etc.

« Pauline Duguigny.

« Marie-Louise Duguigny. »

A ce billet était jointe cette autre demande d'une simplicité bien remarquable :

« Si Madame n'en trouve pas indigne une pauvre femme de chambre qui l'a servie de tout son cœur, je demande la même grâce que mes maîtresses.

« Charlotte Moreau. »

On ne laissa pas la duchesse longtemps à Nantes. Les marques de grande sympathie et les témoignages de dévouements absolus grandissaient autour d'elle dans la ville de Nantes et ses environs. Le préfet Maurice Duval redoutait qu'un mouvement fût tenté pour délivrer sa prisonnière; il avait hâte de mettre sa responsabilité à couvert; il brusqua le départ de Madame.

Le colonel de gendarmerie Chousserie lui offrit, sous sa responsabilité personnelle, de conduire la princesse par terre au château de Blaye, lieu fixé pour la résidence de la prisonnière d'État; M. Duval refusa et ordonna le trajet par mer, plus périlleux pour la princesse, mais plus sûr pour le préfet, qui tremblait toujours qu'un événement vînt lui ravir le bénéfice de la conduite qu'il avait si bien tenue le jour où il avait été l'instrument de l'espion Deutz.

Le lendemain de l'arrestation, dans la nuit du 8 au 9 novembre, à une heure du matin, Madame fut réveillée, ainsi que M. de Mesnard et Mlle Stylite de Kersabiec.

Deux voitures attendaient. La princesse monta dans la première avec ses compagnons d'infortune; l'autre fut occupée par le général d'Erlon, le maire de la ville, M. Ferdinand Favre requis par le préfet, et M. Maurice Duval lui-même; des gendarmes servaient d'escorte.

La Duchesse et ses amis partaient dans un

dénûment complet, tous les effets de Madame tenaient dans un mouchoir de poche. On arriva au quai de la Fosse, où attendaient déjà, sur un bateau à vapeur, MM. Polo, adjoint au maire, Robineau de Bougon, colonel de la garde nationale, Rocher, porte-étendard de l'artillerie de la même garde; Chousserie, colonel de gendarmerie; Ferdinand Petit-Pierre, adjudant de place à Nantes, et le commissaire de police Joly de la ville de Paris. En mettant le pied sur le bâtiment, la duchesse s'informa du quatrième prisonnier, M. Guibourg; elle apprit qu'il ne devait pas la suivre et lui écrivit aussitôt le billet suivant, dont se chargea le maire, M. Ferdinand Favre :

« J'ai réclamé mon ancien prisonnier, et l'on va écrire pour cela. Dieu nous aidera et nous nous reverrons. Amitiés à tous nos amis. Dieu les garde! Courage, confiance en lui. Sainte Anne est notre patronne à nous autres Bretons. »

A quatre heures du matin le bateau partit.

LE CHATEAU DE BLAYE

Nous passerons rapidement sur la traversée de Nantes à Blaye, à bord de la *Capricieuse*. petite goëlette de guerre, qui attendait à l'embouchure de la Loire, sous les ordres de deux officiers : le commandant Mollien et le lieutenant de vaisseau Leblanc. Son équipage venait d'être renouvelé, les vieux matelots avaient été remplacés par des jeunes gens sans expérience, et M. Mollien avait confidentiellement tenu à M. de Mesnard les propos suivants :

« Nous avons un temps de chien, et je ne sais quand il se calmera. Impossible de rester sur cette mauvaise côte pleine de récifs. S'il continue, je serai obligé de prendre le large, ce qui peut nous mener fort loin....

Ce ne fut qu'après sept jours d'une navigation pénible qu'on parvint à l'entrée de la rivière de Bordeaux où, à cause du mauvais vent, on passa de la *Capricieuse* sur le vapeur le *Bordelais*. Les prisonniers étaient accompagnés de MM. le colonel Chousserie, son aide de camp Petit-Pierre et le capitaine Leblanc. Le canot de transbordement faillit chavirer en route et le capitaine Leblanc ne parvint à faire passer Madame sur le *Bordelais* qu'en la saisissant par la taille et la jetant dans les bras qui se tendaient.

« Sauvez la princesse, » cria-t-il.

A bord du bâtiment se trouvaient une partie des autorités de Blaye et de Bordeaux, ainsi que le général Janin. La duchesse prit terre sur la plage, au-dessous de la citadelle élevée par Vauban, et qui est elle-même l'ancienne ville de Blaye. La maison isolée, assez grande, qu'y habitait le commandant, avait été préparée pour recevoir la duchesse. Un jardin se trouve derrière cette maison, dont les fenêtres étaient garnies de barres de fer. Madame disposait d'un salon et de deux chambres à coucher, dont l'une fut donnée à Mlle de Kersabiec; au bout d'un corridor se trouvait la salle à manger qui regardait la mer. M. de Mesnard fut installé dans un autre corps de logis.

On fit venir de Blaye, pour le service de la princesse qui n'avait personne, un homme et une femme qui consentirent à renoncer à leur liberté. Mlle de Kersabiec fit les fonctions de femme de chambre jusqu'à l'arrivée de Mme Hansler que la duchesse avait demandée et qui s'empressa de quitter Paris pour accourir à l'appel de son ancienne maîtresse. Puis Mlle de Kersabiec, ayant été réclamée par le tribunal de Nantes qui devait juger sa complicité avec Madame, et M. de Mesnard ayant été conduit à Montbrison pour le même motif, ces deux amis fidèles furent remplacés par la comtesse d'Hautefort et le comte de Brissac.

La duchesse, qui était entrée à Blaye avec une garde-robe qui tenait dans un mouchoir, et qui, sans rechanges, avait subi huit jours de mer, reçut bientôt de Bordeaux une caisse contenant un trousseau complet ; cet envoi venait de la princesse de Bauffremont qui l'a-l'avait expédié au nom de plusieurs dames dont chacune avait voulu concourir à habiller la captive de Blaye. Madame tint aussi des mêmes mains un portrait de son fils ; elle eut ainsi dans sa prison l'image consolatrice de l'enfant pour qui elle s'était tant dévouée.

Tant que M. Chousserie fut gouverneur de la citadelle, le séjour de la prison fut tolérable, malgré les mille ordres vexatoires que le colonel recevait chaque jour du ministère. Puis les ennuis se montrèrent plus flagrants par le système de précautions dont la prisonnière était entourée. La nourriture venait de chez un traiteur de Blaye dans une voiture à bras soumise préalablement à une minutieuse visite, puis fermée à clef par un agent qui accompagnait jusque dans la prison le dîner prisonnier. Là on le délivrait, les plats étaient froids déjà, et avant de rien servir, on interrogeait le ventre des volailles pour voir si elles ne contenaient pas quelque correspndance secrète.... Et malgré tant de précautions, la police ne put empêcher une correspondance presque régulière de s'établir entre Madame et le dehors.

Un autre jour, on vint poser des grillages de fer sur les fenêtres de la princesse déjà défendues par des barreaux; on en plaça jusque sur le haut des cheminées. Puis la maison qui, la nuit, était entourée de factionnaires, fut enceinte d'une palissade de bois de douze pieds de haut, de l'autre côté de laquelle on plaça un nouveau cordon de sentinelles qui, le soleil couché, avaient ordre de forcer les habitants de la maison à tenir les fenêtres fermées.

A Paris, le gouvernement devenait à la fois embarrassé et inquiet de sa prisonnière. D'un côté, la presse républicaine demandait, avec son énergie ordinaire, que Madame fût mise en jugement, ce que les principes établis en juillet 1830 rendaient parfaitement logique ; de l'autre, la presse légitimiste reproduisait chaque jour de nombreuses protestations, réclamant avec énergie la mise en liberté de la régente de France. Ce mouvement, conduit par M. de Châteaubriand, devenait plus vif et plus prononcé chaque jour, et le ministère n'avait pas de cesse. Quant à la duchesse elle-même, voici la lettre qu'elle écrivit au maréchal Soult, président du conseil :

« Vous devez vous en souvenir, monsieur le maréchal, lorsque vous fûtes rappelé à la cour, après en avoir été exilé en 1815, et qu'on vous eût rendu votre rang et vos grades, vous vous présentâtes chez mon malheureux mari, le plus franc des hommes, qui vous dit :

« *Monsieur le maréchal, je suis bien aise de* « *vous voir ici. Si j'eusse été maître, vous y se-* « *riez depuis longtemps, et vous seriez fu-* « *sillé.*

« Vous répondites :

« *Monseigneur a raison; aussi n'ai-je pas* « *cessé de demander des juges.*

« Monsieur le maréchal, c'est aussi ce que je sollicite.

« Marie-Caroline. »

Mais le ministère reculait devant le jugement, et le 11 novembre, déjà, parut au *Moniteur* un article attribué à M. Thiers et dans lequel est développée la pensée de la non-intervention de la justice pour terminer le débat entre les deux branches de la famille de Bourbon. Quant à la volonté du pays, M. Thiers, avec le despotisme dont plus tard il devait nous donner tant de preuves, la mettait hors de cause.

Voici un extrait textuel de cette pièce :

« Mme la duchesse de Berri ne devait pas être l'objet d'un jugement, mais d'une mesure politique. Tout le monde sent, en effet, qu'une pareille accusée devenait, en présence d'un tribunal, l'occasion de scènes déplorables.

« Après le scandale des débats, venait le résultat même du procès. Qu'on songe, en effet, aux conséquences d'une condamnation !... Qu'on songe à celles d'un acquittement !... Si Mme la duchesse de Berri eût été condamnée, l'autorité royale devenait responsable ou de sa clémence où de son impassibilité. Si elle eût été acquittée, elle aurait librement traversé ces mêmes provinces qu'elle venait d'exposer à la guerre civile et gagné nos frontières pour les repasser peut-être bientôt encore.

« Tous ces résultats étaient des malheurs. »

On le voit, M. Thiers donnait déjà de vifs témoignages de cette peur qui l'a rendu célèbre, il y a quelques années à peine, alors que l'image de Napoléon III était le cauchemar de toutes ses nuits.

Plus tard, MM. de Broglie et Thiers persistèrent dans leur sentiment, lorsque la question fut portée à la tribune avec les nombreuses pétitions pour la mise en liberté de la prisonnière, sur lesquelles M. Sappey présenta son rapport dans la séance du 6 janvier 1833. Voici ce que dit le *Moniteur* : « Pour conduire la duchesse de Berri devant ses juges, s'écria M. Thiers, il faudrait au moins soixante à quatre-vingt mille hommes échelonnés sur la route. »

Et M. de Broglie ajouta du haut de la même

tribune : « Voyez-vous accourir de toutes les extrémités de la France les ennemis du gouvernement ? Ce n'est ni par cent, ni par mille qu'il faudra les compter, c'est par centaines de mille. Avez-vous vu, lors du jugement des ministres, Paris tout entier sous les armes? Eh bien! vous n'avez rien vu; vous avez vu les désordres de Lyon, vous n'avez rien vu; vous avez vu les scènes du mois de Juin, vous n'avez rien vu !... »

Et l'Assemblée, effrayée, passa à l'ordre du jour. Singulier gouvernement que celui dont un ministre ose dire, du haut de la tribune, que tout le pays en veut un autre!...

L'Assemblée laissait donc le ministère libre d'agir à sa guise, et le conseil, au lieu de profiter de cette omnipotence pour traiter la princesse en prisonnière de guerre et l'exiler tout simplement, saisit avec ardeur un incident qui, tout en dehors de la princesse, ne pouvait atteindre que la femme, que la mère, et la déshonorer aux yeux du monde entier et de celui pour qui elle avait tout tenté, aux yeux de son fils. M. Thiers crut trouver l'occasion de consommer contre la captive un guet-apens moral cent fois plus honteux que le guet-apens de police qu'il avait concerté avec Deutz.

La pensée lâche et honteuse qui le dirigeait le poussa à accomplir un fait dont, à l'heure présente, rougira encore l'honneur français, car la France ne fut point complice de ces turpitudes dont la souillure ne flétrit que quelques hommes enivrés de leur puissance nouvelle; à eux seuls le stigmate qui doit rendre ineffaçable le souvenir de tant de bassesses et de lâchetés!

Bornons-nous à un simple récit.

LE MINISTÈRE THIERS-SOULT

La duchesse, arrêtée le 7 novembre, ne fut mise en liberté que le 8 juin suivant.

Il fallut tout ce laps pour permettre au ministère d'oser la chose la plus énorme qui souille notre histoire entière. Un événement inattendu de tous, et qui n'était que la conséquence du second mariage de la princesse, fournit à ces hommes l'occasion de commettre l'action la plus inique.

Madame allait devenir mère. Son mariage était ignoré de tous ; rendre l'événement public était déshonorer à la fois la femme et frapper le comte de Chambord, l'enfant de douze ans, pour lequel sa mère était venue chercher la couronne de France.

Le ministère n'hésita pas; il envoya deux médecins à Blaye: M. Auviti, et le doyen de la Faculté de médecine de Paris, le célèbre Orfila. A ce moment aussi le gouverneur de Blaye, M. Chousserie, dont le noble caractère ne put se ployer à de honteux tripotages, fut remplacé par le général Bugeaud, à qui, dit l'arrêté, on donna *haute mission.*

A quelles tortures morales la duchesse fut-elle en butte? nous l'ignorons; mais peu de jours après l'arrivée du nouveau gouverneur, la princesse déposait son secret, *mais ne le divulguait pas.* Laissons-la exprimer elle-même toute sa pensée dans une lettre qu'elle adressa à celui qui, pendant douze ans, avait veillé sur elle.

« Je crois que je vais mourir en vous disant ce qui suit, mais il le faut: des vexations, l'ordre positif de me laisser seule avec des espions, la certitude de ne sortir qu'au mois de septembre, ont pu seuls me décider à la déclaration de mon mariage secret, ne pouvant cacher mon état, pour mon honneur et celui de mes enfants. »

Dans une autre lettre, datée de deux jours avant sa déclaration, la princesse s'exprime ainsi :

« Je ne puis avoir patience ! Oh ! que je voudrais être hors d'ici.... je ne sais si vous pourrez me lire.... j'étouffe.... »

Cette pénible déclaration, Madame la déposa aux mains de M. Bugeaud ; elle fut insérée dans les colonnes du *Moniteur* du 26 février 1833. La voici :

« Pressée par les circonstances et par les mesures ordonnées par le gouvernement, quoique j'eusse les motifs les plus graves pour tenir mon mariage secret, je crois devoir à moi-même, ainsi qu'à mes enfants, de déclarer m'être mariée pendant mon séjour en Italie.

« MARIE-CAROLINE. »

« De la citadelle de Blaye, ce 22 février 1833. »

Cette déclaration coupa court aux discussions qui avaient lieu dans la presse ; une polémique violente s'était engagée entre les partis républicain et légitimiste ; diverses rencontres avaient eu lieu. MM. Eugène Briffaut, Alfred Nettement, Roux, Laborie et Armand Carrel avaient été blessés ; tous alors se tournèrent unanimement vers les ministres, et les journaux républicains ne furent pas les moins véhéments. Voici ce que disait la *Tribune*, répondant au *Moniteur*, dans le numéro du 27 février :

« Venir parler de la spontanéité d'une déclaration dans une situation qui entraînait tant d'intérêts, qui compromettait tant de personnes, c'est une dérision presque aussi méprisable que le procédé sérieux du *Moniteur*.

Il est évident que la duchesse de Berri comptait restreindre au gouvernement tout seul la déclaration qu'elle se voyait forcée de faire....

« La publication dans le *Moniteur* a été faite le lendemain de la dépêche, et l'on assure même que trois ministres n'en ont pas été informés....

« Qu'on nous explique pourquoi la déclaration de la duchesse de Berri porte qu'elle y est *forcée*, et par les circonstances, et aussi *par les mesures que le gouvernement a ordonnées.* Ne nous dira-t-on jamais un mot de ces mesures ?

« On a beau parler ici de *spontanéité*, les termes mêmes de la révélation donnent un éclatant démenti à cette parole ; et d'ailleurs le bon sens ne dit-il pas qu'une femme, dans la position où était celle-ci, ne déclare jamais ces choses-là spontanément ? Il y a ici, de la part du pouvoir, une sorte de moquerie qui ajoute à l'insulte. Si la duchesse de Berri avait été assez insensée pour écrire spontanément une telle déclaration, il n'y aurait pas de termes pour qualifier son extravagance. Mais non, elle révèle qu'elle y a été forcée.... »

De leur côté, les journaux légitimistes, revenus de leur premier accablement, signalèrent avec amertume et dignité la déloyauté de la conduite du pouvoir. La *Gazette de France*, du 4 mars, renferma l'article suivant, qui produisit une profonde sensation :

« M. le docteur Ginvrac est parti hier, à huit heures du matin, pour Blaye, où il avait été appelé en toute hâte par M. le général Bugeaud. Les bruits les plus sinistres circulent ; le pouvoir assumerait-il sur lui une immense responsabilité ? Déjà il n'est peut-être plus temps de la décliner !...

« Cet article s'accorde avec les bruits qui se sont répandus aujourd'hui sur l'effet produit par l'arrivée du *Moniteur* dans la citadelle de Blaye. On parle de la consternation et de la douleur de madame la duchesse de Berri à l'annonce de la publicité donnée à cette déclaration de son mariage secret, déclaration qui devait être secrète aussi.

« Ainsi, en nous rapportant à ce que nous savons de cette déplorable affaire, tout aurait été calculé dès l'origine pour arracher à madame la duchesse de Berri un secret que l'on avait intérêt à divulguer, le lui demander comme devant couvrir la responsabilité des agents du pouvoir, lui faire remettre une déclaration dont rien n'exigeait la publicité et enfin livrer au monde le résultat d'une sorte de torture appliquée à une femme captive et sans défense.

« Il y a, dans toute la conduite de cette affaire, une immoralité et un abus du pouvoir et de la force qui frappent tous les yeux. Prisonnière d'État, madame la duchesse de Berri devait croire que sa déclaration serait un secret d'État. Rien ne fait comprendre comment, sans cette conviction, elle l'aurait faite et livrée aux mains qui en ont abusé.

« Dès lors on comprend l'impression funeste qu'elle a dû recevoir de la lecture du *Moniteur*. Puissent les auteurs de cette terrible machination contre une malheureuse et héroïque prisonnière n'avoir pas de plus terribles reproches à se faire !... »

Mais laissons là tous ces documents, ils ne prouvent que l'indignité de quelques hommes qui, malgré tout, retinrent leur prisonnière jusqu'au commencement de juin; alors les portes de Blaye s'ouvrirent seulement devant la captive, qui ne quitta pas la France sans lui adresser un adieu où elle s'exprime avec toute l'amertume d'une mère qui n'a pu faire triompher la cause d'un fils adoré.

Voici cette pièce :

« Mère de Henri V, j'étais venue, sans autre appui que ses malheurs et son bon droit, pour mettre un terme aux calamités que subit la France, en y rétablissant l'autorité légitime, l'ordre et la stabilité, gages nécessaires au repos et à la paix des nations. La trahison m'a livrée à nos ennemis. Retenue prisonnière, et longtemps opprimée par des personnes auxquelles je n'avais fait que du bien, j'ai gémi de leur ingratitude et souffert avec résignation les maux dont ils m'ont accablée ; mais je ne cesserai de protester contre l'usurpation des droits d'un enfant, que la justice, les liens du sang, l'honneur et la foi jurée m'obligeaient à protéger et à défendre.

« Je remercie les Français des nombreux

témoignages d'attachement qu'ils m'ont donnés : mon cœur n'en perdra jamais le souvenir.

« Je prie tous ceux qu'on a persécutés à cause de mon fils ou de moi, ceux qui m'avaient offert des conseils dont on m'a privée malgré la triste situation où j'étais réduite, et ceux qui ont réclamé, au nom de la France et au mien, contre la séquestration et les souffrances morales qui étouffaient jusqu'à mes plaintes, de recevoir l'assurance que je n'oublierai jamais ni leur affection, ni les peines qu'ils ont endurées.

« Les reproches qu'on a osé m'attribuer envers des amis, dont je connaissais trop le dévouement pour accuser la conduite, m'ont vivement offensée ; je désavoue avec indignation des suppositions injurieuses.

« Quel que soit l'avenir que la Providence réserve à mon fils, aimer la France, consacrer à réparer ses malheurs, ses soins et sa vie, désirer qu'elle soit heureuse, s'il n'était pas chargé lui-même de faire son bonheur, tels seront, dans tous les temps, ses sentiments et ses vœux, tels seront aussi toujours les miens.

« Les Français n'ont joui de la vraie liberté que sous la protection de leur souverain légitime ; c'est à l'héritier du nom, et, j'espère, des vertus du grand Henri, qu'il appartiendra d'en continuer le règne, et de réaliser ce qu'il avait promis à la France.

« MARIE-CAROLINE. »

« De la citadelle de Blaye, le 7 juin 1833.

Le ministère empêcha la circulation de ce document, qui n'en eut pas moins une grande publicité clandestine.

Comme nous l'avons déjà dit, le 8 juin Madame s'embarqua à bord du *Bordelais* qui l'avait amenée à Blaye et qui la conduisit jusqu'à l'*Agathe* qui l'attendait au Richard.

Mais, une fois encore, le nom de Madame devait retentir dans l'enceinte où, le 10 juin, M. Garnier-Pagès demanda compte au gouvernement de cette dictature qu'il s'arrogeait soit pour fermer, soit pour ouvrir une prison d'État.

M. Thiers, le petit avocat de Marseille, qui, devenu ministre, avait voulu déshonorer une reine de France, était remis deja de cette indignité qui avait tourné à sa confusion; il répondit avec son outrecuidance ordinaire :

« L'arrestation, la détention, la mise en liberté, tout est illégal!... »

Après ce début audacieux, il invoqua la doctrine de la nécessité et l'on passa à un ordre du jour qui mit fin à l'histoire officielle de Marie-Caroline, duchesse de Berri et régente de France.

L'EXIL

Cependant l'*Agathe* voguait vers Palerme. Madame s'était fait accompagner de M. de Mesnard, revenu à elle après son acquittement, et de l'abbé Sabatier. A bord du *Bordelais* elle avait trouvé le marquis, la marquise et Mlle de Dampierre, le marquis de Barbançois, le vicomte de Mesnard, le comte Louis de Calvimont et d'autres personnes encore dont le général Bugeaud, tout aux soins de conquérir les bonnes grâces de la duchesse, avait autorisé la présence. A une petite distance du point de départ, plusieurs barques entourèrent le *Bordelais*. C'étaient des habitants de Bordeaux qui venaient saluer la princesse. Au moment où elle allait s'éloigner de la terre française, quelqu'un lui dit qu'elle devait avoir plaisir à quitter les lieux où elle avait tant souffert, elle répondit :

« La citadelle, oui! Mais la France, non! »

Le nombre des personnes autorisées à suivre la princesse était très-petit. Le prince et la princesse de Bauffremont et le comte de Mesnard pour accompagner; l'abbé Sabatier comme aumônier; Mlle Lebeschu et Mme Hansler pour le service, le docteur Mesnière en qualité de médecin, formaient avec le général Bugeaud qui, pour plus de sûreté sans doute, n'avait voulu abandonner sa captive qu'à Palerme, tout l'entourage de Madame à bord de l'*Agathe*, — commandée par le capitaine de corvette Turpin qui accueillit la princesse avec tout le respect et les égards dus à une souveraine.

Le temps était magnifique et la traversée très-heureuse ne fut troublée que par une inconvenance du général Bugeaud que le commandant Turpin mit aux arrêts dans sa cabine.

Cette affaire fit grand bruit à cause du grade

du marin qui ne correspondait qu'à celui de chef de bataillon et qui alla jusqu'à menacer un général de division de le faire jeter à fond de cale par quatre hommes de son équipage. Au retour, Louis-Philippe interrogea lui-même le commandant de l'*Agathe* et le renvoya aussitôt à Toulon où, en arrivant, M. Turpin reçut sa nomination de capitaine de frégate.

. . . .

En vue de Palerme, le général-geolier trouva un bateau qui avait ordre de faire voile pour la France, aussitôt qu'il aurait vu l'*Aga'he* entrer dans le port, pour en donner avis au ministère. L'ancien commandant de Blaye se fit immédiatement conduire à ce bâtiment sans vouloir descendre, ne fût-ce qu'une heure, à Palerme. La duchesse consentit à le recevoir et se montra telle qu'elle devait être, à la fois hautaine et courtoise, dans cette entrevue avec celui qui n'était que l'instrument des hommes qui avaient voulu la perdre.

. . . .

Bientôt l'*Agathe* fut en vue de Palerme et le comte de Luchesi-Palli vint à bord complimenter sa femme qui fut reçue ensuite avec tous les honneurs royaux. Le bâtiment français lui-même, celui où elle avait navigué en prisonnière, la reconnut comme princesse royale dès qu'elle eut quitté le bord, en la saluant de vingt et un coups de canon.

Le prince Léopold, comte de Syracuse, lieutenant-général de Sicile, assigna à sa sœur, dans le palais, un appartement qu'elle n'occupa que pour recevoir les autorités civiles, militaires et ecclésiastiques, ainsi que toute la cour, qui s'empressèrent d'accourir. Puis la princesse se retira dans une villa voisine où elle demanda à l'air bienfaisant du pays le rétablissement de ses forces tant ébranlées par dix-huit mois de fatigues et de tortures.

Plus tard, à Naples, la reine vint la première lui faire visite, et Madame reçut toutes les autorités et le corps diplomatique; à Rome, le Pape refusa de la voir sous le nom de la comtesse de Sagana, qu'elle avait choisi pour voyager incognito. Grégoire XVI fit savoir à la voyageuse que c'était à la duchesse de Berri qu'il rendrait les hommages qui lui étaient dus. Madame arriva, précédée du grand maître des cérémonies pontificales, qui était allé la chercher chez elle, et suivie de l'ambassadeur de Naples et des personnes de sa maison. Le Pape la reçut dans la salle du Trône, vint au-devant de la princesse et la fit asseoir à côté de lui, puis, traversant tout le palais, la reconduisit jusqu'à la porte de la première salle.

A Florence, la princesse reçut des lettres du roi Charles X son beau-père, de Madame la Dauphine et de ses enfants. Ce fut dans cette ville que, par le comte de la Ferronnays, elle apprit que son oncle, l'empereur d'Autriche, l'attendait à Prague.

Après avoir ainsi traversé une partie de l'Italie, la duchesse de Berri sut que le vieux roi Charles X venait à sa rencontre jusqu'à Loeben. Elle y passa huit jours avec lui et ses enfants, et bientôt après fixa sa résidence à Gratz, capitale de la Styrie.

Là s'arrête la vie politique de cette courageuse femme qui ne conserva plus alors de la princesse qu'une générosité excessive. Tous ceux qui avaient été compromis pour elle reçurent des pensions régulièrement servies.

Il arriva ainsi que Madame contracta une dette qui se chiffrait à six millions quand son fils, le comte de Chambord, en fut informé. Monseigneur déclara alors, sans la moindre hésitation, avec une générosité vraiment royale, que les créanciers, en grand nombre, banquiers et autres, ne perdraient rien et qu'il prenait toute la dette à sa charge. Mais avec ses revenus bornés, c'était là un terrible fardeau. Aussi, quand cette résolution fut connue, plusieurs des personnes qui, à des titres divers, reçoivent des pensions, par une touchante délicatesse, écrivirent pour déclarer que, dans la situation nouvelle faite au Prince, il ne leur semblait pas possible de continuer à jouir de ses bienfaits.

« Non pas, non, répondit Monseigneur, il n'en saurait être ainsi. Cette discrétion honore nos protégés; mais nul d'entre eux ne doit souffrir à cause de nous, ni subir le contre-coup de nos malheurs. Ce n'est point sur les secours donnés à d'anciens serviteurs ou à de nobles infortunes que peuvent porter les économies. On avisera à d'autres moyens, et d'abord en diminuant les dépenses du château.

Le Prince, en effet, ordonna de notables réductions dans ses écuries, sa table, pourtant peu luxueuse, etc.; mais en dépit de ces mesures, comme il ne voulait rien diminuer de ses générosités annuelles, le payement de la dette en question absorba presque en entier l'héritage qui lui venait de son père, c'est-à-dire le produit de la vente des forêts de Champagne arrachées, après un procès qui dura vingt ans, aux convoitises du domaine, grâce à la haute indépendance de la Cour de Dijon et à l'éloquence de Berryer. Nous nous abstenons de mentionner d'autres et sérieux sacrifices, ayant pour but de satisfaire les vœux charitables de Madame....

Marie-Caroline, duchesse de Berri, s'éteignit au commencement de 1870, échappant ainsi à la tristesse de voir chef de la France celui qui n'avait pu laisser dans sa mémoire que de répugnants souvenirs.

UN DERNIER MOT

Nous avons dit en commençant que trois noms étaient à jamais attachés à cette histoire : celui de la duchesse de Berri, celui de Deutz et celui de M. Thiers.

Nous venons de parcourir toute la vie de la princesse, et nous savons beaucoup de celui qui fut plus tard gouverneur de la France, et qui, vivant toujours, n'appartient pas encore à l'histoire.

Reste le troisième, Deutz, que nous avons abandonné au moment où, quittant celle qui avait toute confiance en lui, était allé la livrer au préfet Maurice Duval, spécialement envoyé à Nantes pour l'arrestatation.

Deutz s'était échappé furtivement de Nantes

avant la capture de la duchesse; il s'était rendu à Paris, où cet Allemand eut l'audace de soutenir publiquement qu'en agissant comme il l'avait fait, il n'avait recherché que la tranquillité de la France. Évoquant sa qualité de coreligionnaire, il s'adressa, pour défendre sa cause, à M. Crémieux, que nous devions voir plus tard à la délégation de Tours, et qui lui répondit la remarquable lettre qu'on va lire :

« Monsieur,

« Toute relation doit cesser entre vous et moi; je vous ai entendu deux heures, c'est assez.

« Si vous m'appeliez comme avocat, je ne vous refuserais pas mon ministère : tous les accusés ont le droit de l'invoquer; mais vous êtes libre et dans tout l'éclat du triomphe lucratif, objet de votre ambition : je n'ai rien à faire pour vous.

« Si c'est pour vous justifier aux yeux du public, la France est sourde à la justification d'une lâcheté; il faut subir la honte quand on a consommé la trahison.

« D'ailleurs, je ne vois rien pour excuser un crime que je déteste et qui ne vous traîne pas devant d'autres juges que l'opinion publique.

« Si vous avez compté sur moi comme votre coreligionnaire, que votre erreur finisse; vous n'appartenez maintenant à aucun culte, vous avez abjuré la foi de vos pères, — et vous n'êtes plus catholique.

« Aucune religion ne vous veut, et vous ne pouvez en invoquer aucune, car Moïse a voué à l'exécration celui qui commet un crime comme le vôtre, et Jésus-Christ, livré par la trahison d'un de ses apôtres, est un fait assez éloquent aux yeux de la religion chrétienne.

« AD. CRÉMIEUX.

« Paris, 24 novembre 1832. »

Ainsi s'exprimait un avocat républicain. Deutz disparut, et l'on ne s'occupa pas plus de lui qu'on ne s'intéresse aux assassins qui ont échappé au couteau de l'exécuteur et qui vont mourir dans un bagne.

Il est mort, mépris à sa tombe!

Mais en arrêtant sa pensée à cet infâme qui avait consommé un marché, on se reporte malgré soi à celui qui l'avait conclu....

Et l'on arrive forcément alors à cette réflexion que si celui des deux complices qui est mort a dit déjà au grand juge :

« Je suis un juif allemand qui a vendu une étrangère. »

L'autre, quand viendra son tour, pourra surenchérir en disant :

« Je suis le seul Français qui ait voulu deshonorer une reine de France. »

16638 — PARIS, TYPOGRAPHIE LAHURE
Rue de Fleurus, 9

www.ingramcontent.com/pod-product-compliance
Ingram Content Group UK Ltd.
Pitfield, Milton Keynes, MK11 3LW, UK
UKHW012042240726
13965UKWH00003B/990

9 782013 040914